KB164605

나는 편식주의자입니다

김경진 지음

프롤로그 수영을 잘하는 비법 · 08

1장, 나는 편식주의자입니다

2장, 너에게만 그런 사람이고 싶다

3장, 저 혼자 꽃이 된 사람은 없다

4장, 그립지 않은 날은 하루도 없었다

5장, 매일을 무사히 사는 법

6장, 푸른빛을 잃었다

약력

글짓기를 밥 짓는 것처럼 멈추지 않고 쓰고 싶은 사람입니다.

1993년 시문학과 1996년 월간문학 신인상 시 부분 당선으로 문단에 들어왔습니다.

삶에 대항과 순응을 위하여 몸부림쳤던 <여전히 이기적인 나에게>외 다수의 작품집이 있습니다.

모든 사람들의 가슴에 뜨겁게 각인되는 책이 되기를 바라면서 오늘도 글쓰기에 진심으로 나를 몰아갑니다.

작가의 말

에세이 같은 시, 시 같은 에세이. 누구나 쉽게 읽고 느끼고 마음이 움직일 수 있도록 쓰기 시작한 새글의 형식이 '에세이시'다.

글쓰기의 기본은 현학적이지 않아야 한다는 믿음에 변함이 없다. 꾸밈이 많을 필요가 없다. 난해한 언어를 동원하거나 복잡한 논리구조를 구축한다고 좋은 글이 될 수 없다. 읽기 쉬워야 한다. 읽자마자 고개가 끄덕여지고 마음이 움직여야 한다. 이해하기가 어려워 애초부터 거리감을 주어서는 안 된다. 좋은 글은 읽을수록 다시 읽고 싶어지고 감정의 울림이 파문처럼 번져나가야 한다.

내 글을 읽는 모든 이들이 마음의 위로를 받고 삶을 따숩게 보듬을 수 있는 자신만의 여백을 구축해 나가기를 바란다. 그러므로 나의 글쓰기는 여전히 마음과 마음을 이어나갈 것이다.

프롤로그

수영을 잘하는 비법

힘을 빼는 것이 최고의 비법입니다.

물에 몸을 맡길 줄 알아야 합니다.

들숨과 날숨이 조화를 이뤄야 합니다.

가라앉을까 하는 두려움을 무시해야 합니다.

모든 운동의 기본은 몸에서 힘을 빼는 것입니다.

마음을 긴장으로부터 놓아주어야 합니다.

물이 방출하고 있는 리듬을 타야 합니다.

경직된 근육을 모두 동원해 격렬하게

팔다리를 휘저을 필요가 없습니다.

손으로는 물을 잡아당기고

발로는 물의 결을 따라 밀어냄을 반복하면 됩니다.

수영을 잘하는 방법도 결국은

삶을 잘 살아가는 방법과 다르지 않습니다.

주위의 시선에 과하게 반응하지 않고

나에게 맞는 옷으로 멋을 부리듯
물의 옷으로 마음을 두르면 될 것입니다.
완벽한 자세로 멋들어지게 해내겠다는 과욕이
소독약 냄새 물씬 풍기는 물을 마시게 합니다.
보기에 완전한 삶을 살 것 같은 사람도
그 나름의 불완전함에 물먹지 않기 위해서
사력을 다해 살아가고 있을 것입니다.

1장.
나는 편식주의자입니다

라면을 끓이며

급하지 않은 허기가 밀려오면
뱃속보다 마음이 허전해서 라면이라도 먹어줘야 한다.
하루에 한두 끼 먹는 것마저 소화를 미처 시키지 못하는
위장의 상태가 부담스러워 한 끼의 포만감으로
불만족스러운 배고픔을 채울 생각 같은 건 처음부터 아니다.

보글보글 끓어오르는 얼큰한 국물을 휘휘 저으면서
뜨거운 면발을 들어 올려 훈김을 얼굴에 쏘여주며
펴지지 않으려는 주름진 생애의 고독을
퍼질수록 늘어지는 라면발처럼 밀어내고 싶은 것이다.

잠이 오지 않는 늦은 겨울밤,
주방에서 일부러 찌그러뜨린 양은 냄비를 긁어대는 소리에
곤히 잠든 아내의 낮은 코골이가 멈출까 조심스럽다만
뜨끈한 국물을 다 마시기 전까지는 젓가락을 놓을 수 없다.
급하게 채워야 할 허기가 아닐수록
허전함을 채워주는 주식으로 라면만 한 식도락이 없다.

매화꽃의 경계

매화꽃잎 위에 눈은 내리고 바람마저 휘도는
3월 초하루는 봄도 아니고 겨울도 아니지만
나들이에 나선 기분은 지장받지 않는다.
어차피 날씨의 상태를 알고 나섰기 때문이다.

일찍 꽃잎을 피워 올린 매화보다는
눈이 날리는 계절의 경계를 지켜보고 싶었다.
경계란 어느 쪽이라고 단정 지을 수 없는 곳이다.

헤어진 것도 아니고 관계가 이어진 것도 아닌
유쾌하지 않은 상태를 용인해야 하는 것처럼
미워하는 맘과 그리운 감정이 모호하게 섞여 있다.

봄을 기다리는 만큼 겨울을 놓아주지 못하는
붉은 매화같이 그리움은 떨쳐내지 못할 나의 경계다.

다시 라면을 끓이며

부글거리며 면발이 끓어오르는 모양새를 보다 보면
한 끼쯤이야 거른 들 뭐 어쩌겠나 하던
끼니의 소중함을 잊은채 소홀히 대해졌던 식욕이 달아오른다.

나에게 나만큼 소중한 대상은 없을진대,
면이 꼬들꼬들 해지기를 바라며 견고한 젓가락질로
꼬불거리는 면줄기를 들었다 놨다 공기샤워를 시키면서
나는 왜 매번 나에게 거칠고 모질었나 반성을 하게 한다.

수프를 얼싸안은 면발이 냄비 밖으로 탈출하지 못하도록
마지막 끓어오름을 휘적거리면서 저으며
한 방울도 흘리지 않으려는 아낌을
나에게도 보태주어야겠다는 대오각성을 한다.
고작 안성탕면 한 봉지를 끓이면서 맛나게 사는 것이야말로
내가 나에게 줄 수 있는 최고의 선물임을 자각한다.

편식주의자

골고루 먹겠다는 약속은 지키기 어렵겠습니다.
내키는 것에 먼저 손을 대야겠습니다.
맛없는 것이 약이 된다는 권고는
들은 자체로 약발을 받은 것으로 치겠습니다.

몸이 원하는 맛에 반응을 하는 것이 맞습니다.
마음이 지정해 주는 풍미를 따라가야 건강해집니다.
아무리 좋은 재료를 사용했다고 하지만,
갓 채집한 신선함으로 요리의 품격을 높였다지만
미각이 반응하지 않는다면
먹는 즐거움과는 거리가 멀어지게 됩니다.
사는 맛을 제법 잘 소화하고 탈이 나지 않기 위해서는
들려오는 말들을 선별해 섭취하고 과식은 금물입니다.
감칠맛으로 중무장한 소식일수록 영양가가 없습니다.
화려한 플레이팅으로 관심을 끄는 말잔치에
줏대 없이 속지 않아야겠습니다.
나는 관심을 끌어들이는 보약 같은 유혹에
맞서려 하지 않고 굴복하는 편식주의자입니다.

소란에 대처하는 법

저마다 제 길이 정도라는 주장이 시끄럽습니다.
권한을 위임받으면 권리의 독점과
등가방정식으로 풀이합니다.

하나를 가지면 다른 하나도 놓아주지 않고 움켜쥡니다.
힘의 원리는 잉여가 부족을 능가하는
악순환이 절대 선으로 자리를 잡았습니다.

나만 이로우면 능통이라는 소란에
귀가 먹먹해질수록 아찔한 현기증에 길들여집니다.

반응을 늦추고 곱씹어봐야겠습니다.
자신만이 옳다는 날 선 독설들이 횡횡하는 세상에
거슬릴 말싸움을 걸어야겠습니다.

내게도 나를 설득시킬 각고의 시간이 필요합니다.
흔들리면서도 앞으로 나를 밀고 가는 오기가 있어야
소란에 대처할 수 있기 때문입니다.

행복하겠습니다

봄이라기엔 아직이고 겨울이라기엔 애매한
2월 초순, 양지발라서 홍매가 선분홍빛
꽃을 피우는 곳에서 살고 있습니다.
어지간히 봄을 빨리 영접할 수 있는 행복을
슬그머니 알아챌 수 있도록
비 아니면 햇살과 바람이 번갈아 임무를 교대합니다.

봄기운에 취하다 삶을 응원하려는 것인지,
고된 생활을 푸념하는 것인지 모를
짓궂은 덕담을 그만두고 술자리를 파하고 말았습니다.
손님이 줄어 생계가 버겁다는 대리기사님의
다정한 불평으로 취기를 달래며 귀가하는 늦은 밤,
어서 오시라고 강아지가 전화기 너머로 짖어대고
술조심, 차조심, 무엇보다 먼저 사람조심 하라고
코맹맹이 소리를 곱게 해주는 사람의 목소리가
통화음 소리보다 긴 꼬리여운을 더 남깁니다.
비밀번호를 잊지 않고 콧노래로 현관에 들어서자마자

술기운을 따라 들어온 매화꽃 냄새가 진동을 합니다.

까짓 행복이란 있을 것, 없을 것

본래대로 받아들이며 요령껏 살고 있는 나를

억지스럽지 않게 줄곧 사랑해 주는 것이겠습니다.

일상과의 회포

쌓이는 사연들이 많아야 살맛이 난다.
그렇다고 거대한 서사를 담아낼 대하소설 같은
이야기 구조를 엮어가자는 것은 아니다.
사소해서 친밀하고 소소해서 부담감이 없는
일상의 실타래를 감았다 풀기를
아무렇지 않게 반복할 수 있으면 그만이다.

즐겁거나 슬프거나 되풀이되는
감정의 기복이 축적되는 것이 일상이다.
마음이 맞는 사람과 따뜻한 밥 한 끼로
마주 바라볼 수 있는 시간,
나이가 차면서 불편해지는 몸상태를
허탈하게 털어놓을 수 있는 이와의 대화,

생각이 많아져 걱정이 줄지어 따라 나오려는
나에게서 자유로워지려는 일탈을 감행하는 것,
이렇게 늘어나는 생활의 이면들을 버무려서

절인 배추에 양념 속을 채우듯 삶의 맛을

발효시키는 것이 일상과의 회포를 푸는 것이다.

겨울비, 봄비

변덕은 한창 사랑할 때의
그대와 다르지 않다.
어쩌면 그대에게 새겨진
나도 그러리란 반성이 일기도 한다.

눈비가 섞여내리다
햇살이 눈에 퍼져 부시기도 하는
오늘을 어찌 예단하겠나.
봄인가 싶다, 겨울이다.
그대는 내게 가늠하지 못할
오늘이었나 보다.

그러나 여전히 사랑할밖에
도리가 없는 그대에게
그러지 말아야 한다는 다짐은
끝내 짓궂은 겨울비 같은 봄비다.

일희일비

아니할 수 없습니다.
단편적이기 때문일까요.
마음 하나만이라도 편해지기를 원하며
오늘을 평범함의 무게로 채워가는
속이 들여다 보이는 사람이기 때문입니다.

나야말로 일희일비의 정설 같은 사람이어서
성을 내야 할 때 과격한 말을 쏟아내고
웃어야 할 때 목젖을 열고 소리 내 웃습니다.

그러지 못하게 억누르는 이가 있다면
민주주의가 부여한 자유에 똥물을 튀기는 사람입니다.

웃어야 할 때가 되면 웃고
슬퍼해야 할 때가 오면 마른 손등으로
눈두덩을 훔쳐내겠습니다.
일희일비가 내가 나를
세상으로부터 설득시킬 카타르시스입니다.

여행의 진수

나를 새롭게 보기가 우선입니다.
들리는 대로 먼저 듣고 난 다음 해석해야 합니다.
있는 대로의 나를 영접한 이후에
여정을 이어가며 새로운 다름을 찾고자 합니다.

느린 변화가 지루하게 이어지는 생활의 터전을 떠나
낯선 환경에 들어서는 이유는 익숙한 미각에서 벗어나
이색적인 시간의 맛보기를 하기 위해서입니다.

근원적 모습을 달리하기 위해서가 아니라
본능적으로 갖고 있는 다름을 찾는 것이
여행의 진수라고 믿습니다.

계획된 날을 멀리 두고도 미리 짐을 꾸리며
다른 나를 찾아 나설 감각의 더듬이를 세웁니다.

강풍유감

겨울 동안 가지치기를 당한 나무가
잔가지를 거칠게 흔들고 있습니다.
하루가 다르게 일변하는 2월의 날씨가
짓궂다는 것은 세월을 빈틈없이
잘 살아온 경험으로 이미 알고 있습니다.

하지만 막상 옷깃을 풀었다 다시 여미기를
어수선하게 해야 하는 변덕스러운 날씨를
접할 때마다 곤혹스러운 상태가 되어야 합니다.
강풍주의보가 발령된 정오부터 히말라야시다는
바늘 같은 잎들을 뭉텅뭉텅 내두르며
몸트림을 산만하게 하고 있습니다.

어쩌면 지나치게 잦아져 반갑지가 않아진
소낙비가 내릴지도 모르겠습니다.
바람소리 요란해지고 비까지 거침없어지면
잘린 나뭇가지처럼 아물지 않은 생채기들이
집단으로 되살아나 흔들리지 않을까 유감입니다.

히말라야시다에 눈이 내려도

푸른 잎이 변하지 않을 거라는 기대는
제법 쌓여있는 눈이 녹을 때까지 연장시켜 놓는다.
겨울비 이후에 수직으로 낙하하는 기온이
습설을 히말라야시다 가지에
차곡차곡 쌓아놓기를 멈추지 않는다.

가지가 다른 가지를 받치며
무게를 견디기 위해 안간힘을 쓰고 있다.
바늘 끝 같은 잎으로 눈과 눈의 틈을 찌르며
푸른빛을 사수하려 사력을 다 하고 있는 것이다.

겨울 동안 얼다 녹기를 반복하면서도 색이 바래지 않고
푸른 잎을 지켜내는 히말라야시다에 눈이 내려도
보이는 그대로 꺾이지 않을 가지의 힘을 믿는다.

폭설이 내리는 밤은

특보가 내려진 이후의 밤은 무척이나 길게 느껴진다.
층을 이루며 쌓인 눈이 발산하는 빛이 백야를 연상시킨다.
자다 말고 일어나 눈의 무게와 사투를 벌이고 있는
가문비나무의 고단함에 동화된다.

흰 눈이 이루어줄 낭만의 설경은 먼 나라 이야기다.
출근 길이 무사할지, 무너지거나 고립의 재해가 얼마나 심할지.
일상을 유지할 걱정의 판을 깔고 미리 심난하다.

저런... 저런, 기어이 눈 쌓임을 이기지 못하고
휘어지던 가지가 부러져 내린다.
날이 밝는 대로 여기저기 안부 전화를 넣어야겠다.

폭설경보가 해제되고 날이 풀리기까지는
해야 할 일들 보다는 밀어두었던 여유에 묻혀 있으라고
실없을지 모를 당부라도 해봐야겠다.

오늘의 날씨는 눈보라입니다

털모자를 꺼내 눌러씁니다.

나가기 전에 미리 최적의 상태를 만들어야 합니다.

뒤늦은 후회는 짜증만 유발합니다.

준비하지 않는 것은 오로지 자신의 과오일 뿐입니다.

앞뒤를 재지 않고 경우의 수를 등한시하면

결과는 고스란히 나만이 감당해야 할 몫입니다.

누군가 나를 대신해주지 못합니다.

두꺼운 옷과 목도리와 장갑까지 제 역할을 하기 위해서

몸의 움직임을 둔하게 하겠지만

맹렬한 냉기를 차단하는 것이 시급합니다.

수북하게 피고 있는 눈꽃에 반해

멋 부리다 얼어 죽을 정도가 되지 않아야 할,

오늘의 날씨는 눈보라입니다.

고요를 흔들며

눈내림이 밤이 가진 소리들을
강제로 음소거한 것처럼 고요하다.
함박눈이 하염없이 오는 밤에는 어둠이 열어진다.
눈부신 흰 꽃등의 행렬이 헤아릴 수 없도록
은근한 빛을 뽐내기 때문이다.

빛과 어둠 사이의 고요를 흔들며 내리는 눈은
기상특보를 품어야 하는 겨울밤의 자체 발광체다.
몬스테라가 너른 잎으로 지키고 있던
밤의 언어를 여백 같은 실내의 실루엣에 내려놓는다.
어디에서 무슨 사연을 적어내며 살아가고 있든
매사에, 모든 순간이 안녕해야 한다고
매서운 폭설이 내는 소리를 흡수한다.

창틈으로 새어드는 냉기를 손등으로 가늠하며
나는 나에게 포위되어 생의 격변에 적응하려고
안달이 난 내면의 발작을 소거시킨다.

갓생과 걍생

살아온 날의 대부분이 채워지지 않을
부족함을 채우는 것이야말로 궁극의 목표점이었다.
갓생이 나를 이끌어가는 방향타였다.

스케줄표가 비는 날을 못 견뎌하며 살았다.
인생의 보푸라기 같은 한시도
게으름을 피우는 것은 죄를 저지르는 것으로 알았다.
강박적이었고 삶의 여백을 채우고 또 채우기만 했다.

이뤄지지 않으면 못하는 것이 아니라
하지 않는 것이라 우겼다.
치열했으나 치밀하지 못하였으므로
잦은 실패의 몫을 챙겨야 했다.

그러나 이제는 걍생을 지향점으로 삼는다.
이런들, 저런들 나에게 나는 걍, 그냥 나이어야 한다.
이루지 못할 것으로부터 미련을 떼어낸다.

쓸모없는 허드레를 걷어내고 빈 공간을 넓힌다.

나에게 관대해지고 허점을 있는 대로 내보인다.
본래 그대로의 나를 그냥 살아가는 것이
나를 나답게 소모되어가게 하는 것이다.

말의 품격

말들이 건잡을 수 없이 많아진다.
통제선을 넘은 말들은 스스로 퍼지는 힘을 갖는다.
누구의 입이 불러내는 허물이 더 큰지,
누가 하는 말이 더 힘이 센지.

악평이 붙은 말이 옳은 말보다 더 깊고 멀리 간다.
말에 감명을 받지 못하고 비아냥이 대세가 되었다.
헐뜯고 물어뜯어야 영향력을 가진다.
말의 품질이 불량해져야 동조자가 늘어난다.

넘실대는 품격을 잃은 말들에 반응하는 것에
한없이 게을러지려고 노고를 아끼지 않을 것이다.
듣기를 절제하는 태도의 품격을 지키려는 것이다.

들려오는 모든 말들을 경계하며
나는 나를 지지한다.

1월 31일 수요일, 흐리고 한때 비

날씨 상태가 기분을 결정하는 주요 변수가 되었습니다.
기분은 태도를 유도하고 그날의 의식을 완성시킵니다.
좋아하는 사람의 곁에 있을 때 행복감을 느끼듯이
좋은 날씨를 맞이하면 도파민이 저절로 솟아납니다.

그러나 마음의 질은 임의적으로 조절할 수 있지만
날씨는 내 마음대로 조정할 수가 없습니다.
사람의 능력이 개입할 수 있는 영역이 아닙니다.
비 오는 날을 맑은 날보다 좋아라 하는 사람,
바람이 부는 날에 삶의 변화무쌍을 만끽한다는 사람,
눈이 와야 비로소 세상이 아름답게 보인다는 사람.
사람들은 각자의 날씨를 기분으로 가지고 있습니다.

1월 31일 수요일, 오늘은
흐리고 한때 비가 예고되어 있습니다.
흐리다가도 바로 개이지 않고 머금었던 습기를 배출하는
오늘의 예보처럼 어쩔 수 없이 만날수록 곁을 내어주기

꺼림칙한 사람들에 대한 몹쓸 기분을 쏟아내버리고 싶습니다.
그리하여 본래 긍정을 품은 상태를 오래 지속하고 싶어 하는 속 마음을 회복하는 날이 되기를 바라며
흐린 하늘을 눈화살로 찔러봅니다.

속보 중에 속보

매일을 살아내는 것이 속보입니다.
뜻밖의 사건에 휘말리는 것보다
뜻하지 않은 엉뚱한 결과를 접하는 것보다
예상했던 일이 예상대로 일어나고
기대했던 대로 진행사항을 받아보는 것이
받아들이기 쉬운 속보입니다.

전혀 다른 방향을 바라봐야 하고
감당하기 힘겨운 결론을 품 안에 안아야 한다면
얼마나 두렵고 마음 졸이는 시간이겠습니까.
지탱할 수 있을 만큼만,
짓눌려도 버텨낼 정도까지만
좋은 소식도, 나쁜 소식도 수용하고 싶습니다.

평소처럼 놀람이 적고
긴장의 밀도가 묽은 변처럼 풀리는 속도가 빠른
일상을 유지해 내는 것이 속보 중에서
최고로 충격적인 속보이기를 바랍니다.

소식에 반하다

날씨가 풀리자마자 봄까치꽃과 광대나물꽃이
평년보다 훨씬 앞서서 고운 모습을
마른 풀잎들 사이를 비집고 나와 있습니다.
겨울이 물러서고 있다는 기다리던 소식입니다.
관절에 들어오는 찬기운이 거북스러워진
나이가 되고나서부터는 겨울이 오자마자
봄소식을 그리워하게 됩니다.

훈풍에 봄을 알려주는 꽃이 피듯
새롭지 않아도 마음을 녹여주는 소식이
별꽃처럼 선명한 색깔로 자주 찾아주기를 바랍니다.
그대에게서도 봄꽃 같은 소식이 전해오면 좋겠습니다.

그럭저럭 살기가 괜찮다고, 아직은 눈물이
마르지 않을지라도 속절없이 보내주기만 해야 했던
기억이 새겨진 분비량이 많이 줄었다고,
그리하여 눈물샘이 비워질수록

가련했던 가슴속이 후련해지고 있으니

더는 안쓰러워하지 않아도 좋을 거라고.

분노의 힘

사람이 사람다울 수 있는 힘은 분노에서 출발한다는 의견에 동조의 한 표를 던진다. 분노하는 능력이 없다면 생활은 단순함의 극치가 되리라. 분노가 주는 긍정의 역할을 무시해서는 안 된다. 실패라는 좌절로 넘어졌어도 일어나야 하는 이유가 된다. 쓰러져 있어서는 되갚아줄 수 없다는 절박의 역량을 극대화시켜 준다. 분노가 유발해 주는 자가발전력이 거침없이 나아갈 수 있는 원천력으로 작동한다. 분노할 줄 알고 분노가 분출하는 에너지를 다스려 전진하는 속도의 원동력으로 삼는다. 나의 힘은 분노에서 폭발되는 추진력에서 비롯된다. 나를 억압하려는 모든 외부의 압박에 나는 분노로 도발을 시도한다. 그리하여 가장 강력한 구동축을 회전시켜 다가서 있는 시련을 넘고 넘어선다. 분노가 주는 힘에 끝까지 대항하는 고됨은 없다는 신념은 변하지 않는다. 분노가 주는 역설의 기운은 이겨갈 수 있는 시련만큼만 주어진다는 믿음을 준다.

우리가 다시 만날 수 있을까

필요를 다한 인연에게 다시라는 기회는 사치다.
불평은 자신을 만족시키지 못한 미련일 뿐일 거고
놓아주기 아쉬운 이기적 집착에 불과하다.

사랑했다는 지난 형의 말은 삼가겠다.
지금도 여전히 그런 상태에 놓여있다.
앞으로의 날들 역시 사랑한다는 고백은
수만 번 반복해도 많을 리가 없다는 걸 알고 있다.

사랑하고 사랑했으므로 내가 너에게
존재하게 된 사실은 있는 그대로의 진실이다.
사랑이 별 것이겠는가.
다시 만나지 못하게 되거든 어쩌지 못한다는
핑계를 대지 말고 잊지 않고 기억하면 된다.

시간이고 여건이고 우리가 다시 만날 수 있도록
허락하는 것이 하나도 없더라도

너에게 비쳤던 나를, 나에게 새겨져 있는 너를

그때에나 지금이나 실제라고 믿도록 하자.

비보다 바람이 먼저인 날이면

비보다 바람이 먼저인 날이면
어깨보다 가슴을 오므려야 합니다.
젖는 것보다 마음에 날 구멍으로
체온이 증발할까 더 걱정이기 때문입니다.
바람에 노출될 면을 줄여야
바람으로 인한 가중되는 압박으로부터 안전을 보장받게
됩니다.

바람이 비보다 먼저 시작되는 날이면
우중충함이 맹렬해지는 것이 보통입니다.
나뭇가지들도 쓸데없는 대항으로
힘을 소모하지 않으려 흔들리고 있습니다.

그러나 나는 막을 수 있을 만큼은
막아내고 싶어서 방패나 되는 듯이
우산은 바람이 불어오는 방향으로 향하게 펼칩니다.
지켜내야 하는 것을 대우해 주는 우선사항은
오로지 나의 선택이기에 그렇습니다.

변기 옆에 모기시체

생존의 조건이 충족된 장소였을 것이다.

적절한 습도와 온도가 보장된 곳,

기름진 음식으로 채운 배를 하루에 한두 번

오래도록 끙끙거리며 삶의 잔재를 뽑아내려

안간힘 쓰는 나에게 슬그머니 다가와

허벅지 뒤에서 허리둘레를 줄였던 식사를 할 수 있는 곳.

어둠과 빛의 순간이 적당히 조화를 이루고 있는

좌변기 뒤에서 맛난 생활에 만족하고 있었을 것이다.

그런데 어쩌다 꿀 발라놓은 장소에서 시체가 돼버렸을까.

커버가 내려진 변기 옆 바닥에 쓰러져

몸통이 바싹 말라있는 모기를 보았다.

살기 위해 치열하게 날개를 쓰지 않고

한자리에 안주한 최후가 비참하다.

날것이 날아다니기를 멈추면 근육량이 빠지고

기능을 잃어가는 날개가 결국 퇴화되어

먹이활동마저 멈추게 했을 것이다.

몸 쓰기가 귀찮아 다리근육이 빠지고

끝내 움직임이 둔해진 나를 섬뜩하게 한다.

저녁이면 비가 온다고

좋은 소식도 지나치게 잦으면 반갑지 않아집니다.
이틀 걸러 한나절이나 하루 내내
비가 오고 있는 날씨가 반복되고 있는 겨울입니다.
눈소식이 왔다 간지 꽤나 오래되었습니다.
남쪽이라 위쪽지방보다는 온화해서 그렇다는
지리적 특성 때문이라고 전적으로 받아들이기가 민망합
니다.
겨울의 중심에는 비보다 눈이 주인이어야 합니다.
사람도 그렇습니다. 있어야 할 자리에 있지 못하면
반듯한 대접을 받지 못하게 됩니다.
어울려야 할 부류가 정해졌다고 확정할 수 없지만
비슷한 성향과 도드라지지 않는 차림새가
자연스럽게 섞이는 이들이 나에게 맞는 생태지입니다.
융화되지 못한 채 겉돌기만 해야 한다면
솟구치는 불쾌감에서 벗어날 수 없게 됩니다.
한마디 말을 주고받아도 수긍되는 이들과의
대화가 자존감을 높여줄 것입니다.

존중받아야 존중해 줄 수 있고 말속에 담긴

속뜻이 통해야 정서적 상태에 이릅습니다.

저녁이면 비가 온다고 하늘이 알려주고 있습니다.

싫은 티를 내고 있지만 하늘의 의지를

내 마음 가는 곳으로 거스를 재주는 없습니다.

그러나 겨울이 겨울다워지기를 내가 나다워지기를

촘촘하게 기대하는 저녁으로 삼으렵니다.

2장.
너에게만 그런 사람이고 싶다

꽃잎 한 장이 나를 울렸다

무리를 지어 흩날리는 군무가 아닌 이상
모른 척하고 지나가도 상관없었다.
지나친 감상은 자제하라는 경고를
밋밋하게 전해주기 위해서였을 것이다.
사월의 바람은 추억 속에서나, 현실에서나 훈풍이었다.
무리를 떠난 꽃잎 한 장이 콧잔등을 건드리며
날아 내리는 장면을 손끝을 내밀어 받았다.
지난 기억 속에서도, 오늘의 사월에도 여전히
꽃은 피었다 지기를 멈추지 않는다.
필요를 다하면 이탈은 필연임을 잊지 말자.
낙화의 서운함은 감흥을 제대로 누린 후의 부산물이다.
그러나 눈에 새겼던 호사를 가슴에서
떠나보내기엔 준비가 미흡했음이리라.
꽃잎 한 장의 나풀거림이 나를 울린다.
인연을 맺었다가 놓는 것처럼 마음이 막막해져서다.
꽃잎을 놓아주며 눈물같이 번져있던
그리움 한자락을 함께 배웅한다.

너에게만 그런 사람이고 싶다

꽃이 지고 있다고 응석을 부리고 싶은 사람이 있다.
바다가 철썩이는 파도에 붙들려 있어서
눈 속에서 놓아줄 수 없다고 투정을 부리고 싶은 사람이 있다.
어리숙해지는 나를 대놓고 드러내고 싶다.
너에게만 그렇다.

온종일 같은 공간에 있으면서도 꽃보다, 바다보다
견줄 수 없이 나를 벅차게 해서 한눈을 팔지 못하겠다.
너와 함께 하는 밤은 언제나 내 맘대로가 아니어서
보내줄 준비를 하지 않아 짧기만 하다.
부끄러움을 버려가면서 너에게만 치중 중이다.

수선화가 지고 있는 밤에도 나는 꽃을 보고 있지 않았다.
이팝꽃잎이 바람을 타고 비상을 시작하는 날에도
나는 너를 향한 방향으로만 서 있었다.
네가 있는 곳이 나에게는 생애의 시간을 전부 걸고
철통같이 지키고 있어야 할 성지이기 때문이다.
너에게만 그런 사람이고 싶다.

이대로가 좋아

바람이 불어오는 곳을 향해 코를 벌름거리고
누군가 오도록 열어놓은 길을 향해 가슴을 향해 서고
낯선 사람은 낯이 선대로 맞아들이고
눈에 익은 사람은 보고 싶을 때마다 볼 수 있고
작은 변화가 일면 바뀜의 흐름대로 따라나서는
이대로가 좋다, 이대로가 홀가분하다.

원하는 바가 허무맹랑하지 않고
지켜야 할 것을 이어가려는 애씀이 수고롭지 않고
작고 낮은 기대가 이루어지는 것에 만족하며
오늘처럼 내일의 숨쉬기도 불편하지 않을 수 있다면
이대로가 좋다, 이대로가 살맛이 쏠쏠하다.

다만 한가지 욕심을 내는 것이 있다면
언제든, 어느 곳에서든 변하지 않을
너의 마음이 깃든 가슴골에 콧김을 불어넣으며
아파할 일이 없이 영원히 살고 싶은 것이지.

사랑 동동

너를 사랑하는 정도는 시도 때도 없이
내가 나를 위하는 만큼만 하겠다.
지나치면 내가 무시될까 염려되고
모자라면 내가 방심할까 두렵다.

내가 너를 위하고 위하여
너를 사랑함에 한순간마저도 주저가 없음을
믿어 의심치 않고 너에게 주어지는 사랑을
배부르게 흡수하면서 네 멋대로 살아주면 좋겠다.

아무리 슬픈 일이 범람하는 날에도
기대가 무너지기만 하는 순간에도
나에게 너는 마를 수 없이 축축한 그리움이어서
떨치지 못할 사랑이란 걸 거절치 못하겠다.

표시를 내면 낼수록 들춰지는 내 마음이
모자람을 하염없이 느껴야 한다는 한계에 직면해서

네 곁을 지키는 것이 수줍을 밖에.

너를 사랑하면서 나를 지켜야 하는
적당한 정도를 훨씬 넘고 넘는다.
네가 나를 넘어선 특별한 존재이기 때문이다.
이처럼 내가 너를 사랑한다고 주저리주저리
혼잣말 중임을 알아주면 좋겠다.

라면을 사랑한 김치

나를 외면하면 이빨 빠진 호랑이가 된당께요.
발톱 무뎌진 독수리, 앙꼬 없는 찐빵이랑께요.

내가 곁들여져야 비로소 맛의 완성이지요.
온갖 양념이 발라져 있어도
향긋한 기름으로 버무려져 있을지라도
다른 반찬은 장식에 지나지 않아요.

금방 담가져 붉음이 지나치게 보이거나
오래 묵어 쉰내가 나거나 상관없이
잘 어우러질 준비를 항상 끝내고 있지요.
꼬들꼬들한 면발일 때가 제일 괜찮지만
국물을 많이 삼켜 불어난 면발이어도 좋아요.

나 없이는 국물도 끝내주지 못해요.
라면을 사랑한 김치처럼
나만이 그대에게 어울리는 유일한 사람이지요.

이 세계를 다 뒤져도 없을 사랑으로

착붙어서 그대를 지키고 있답니다.

어떤 날의 독백

어떤 날에는 목이 쉬어서 부르지 못함을 용서받고 싶습니다.
가끔은 불현듯 덮쳐오는 지침에
기력 없이 저항하지 않고 싶기도 합니다.
지나쳤다고 우기고 있던 그리움이 밀고 들어오는 날이 그렇습니다.
매일을 같은 감정상태 속에 나를 방생하지는 못하겠습니다.
시달릴 만큼 시달리고 나서야 그대의 뒤를 따르며
본래의 미소로 돌아갈 수 있을 겁니다.
사람에 대한 기억은 지운다고 완전히 지워지지 않습니다.
아픈 구석을 남긴 채로 이별을 했거나
이별 아닌 이별처럼 서로의 등을 보인 경우에는 잠재된 아쉬움이
불안한 마그마 상태로 있다가 언제든 폭주를 하게 됩니다.
구멍이 뚫린 채로 굳어야만 하는 현무암 같이
단단하게 잊혀지지 않는 상처이기 때문입니다.
그럴 때마다 시무룩해지는 절망을 감당해야 하는 것은 나의 몫입니다.

잠시만 모르는 척 기다려주면 됩니다.

그런 어떤 날이 지나가면 젠걸음으로 따라가서 그대를 향해 서겠습니다.

그대가 나를 살아가게 하는 마지막 배경이기에 그렇습니다.

당신의 향기에 취하여

당신을 만나고 나서부터 가야 할지 말아야 할지
서성이길 반복하던 질척거린 길이
서슴없이 들어서도 콧노래가 나오는
탄탄해진 꽃길이 되었습니다.
오색 만연 한 백일홍이며 코스모스가 융단처럼 피어있는
사잇길을 걸으며 당신의 작은 손가락에 깍지를 낍니다.
예기치 못한 슬픔이 찾아올지라도,
의도하지 않은 공교로움 앞에 서야 할지라도
손을 놓치지 않겠다는 각별한 다짐을 속말로 선언합니다.
당신 곁에 있는 한 살아가야 할 모든 순간이 꽃길입니다.
푸른 하늘을 머리에 이고 있는 구절초가 뿜어내는 향기보다,
온갖 색깔로 가을을 끌고 가는 국화꽃보다
나를 향해 마주 서주는 당신에게서 나오는 체향이
숨마저 아껴 쉬도록 강렬하게 오감을 마비시킵니다.

첫눈

첫눈이 오는 날에는 공연히
네가 보고 싶어 졌으면 좋겠다.
특별한 의미를 붙일 수 있는 날일수록
함께일 수 있음을 더욱 더
감사하고 싶어지기 때문이다.
네가 두고 간 목도리를 두르고
두툼한 외투에 넣어놓은 털장갑을 꺼내 끼우면서
세상을 환하게 덮고 있는 눈길에 나선다.
너와 같이 하는 모든 날에
첫눈이 소복하게 쌓여 있으면 좋겠다는
되지도 않을 생각을 하면서
숫눈 위를 뽀드득 소리를 내며 경쾌하게 걷는다.
너를 생각하면 슬며시 입 꼬리가 올라가는 날에
내리는 모든 눈이 나에게는 첫눈이다.

아침의 소리

유리컵 벽을 마주하며 물과 꿀을 섞는 경쾌한 숟가락 소리.

설거지통에 쌓여지는 흰 접시들의 비명소리.

싱크대를 빠져나가는 설거지물의 개운함 소리.

머리맡에서 새치카락을 핥으며 이제그만 일어날 때임을

알려주는

아기 강아지의 그르릉 소리.

걷어내려 해도 발치에 걸려 부스럭거리는 이불 소리.

평범한 소리들이 한데 어울려 웅장한 합주곡이 된

아침의 소리를 오래도록 감상하는 날들이

끊이지 않기를 빌며 오늘이 준비해 놓은 행복을 시작한다.

벚꽃마중

함부로 그대의 이름을 부르지 않겠습니다.
소중함을 흔한 반복어로 몰아가고 싶지 않습니다.
그대의 이름은 기다림을 마치는 날까지
맞이하고 다시 마주쳐도 설렘을
가차 없이 놓을 수 없는 이름이기 때문입니다.
꽃비가 내리기로 이름난 장소에 가서는
그냥 꽃의 이름만 부르면 되겠습니다.

새벽이 오는 길에 서면 여명에 깔린
고깔빛을 마중하면 되는 것이지요.
오후의 바람이 날라 온 꽃잎은 한데 모아
꽃사슬을 만들어 손목과 발목에 걸치고
잡지 않아도 도망칠 수 없도록 늘어뜨릴 뿐이지요.

그대 이름을 섞어 부르려 하다 빨리 가려는
봄의 속도전에 말려 꽃소식이 오려다 막혀서
흩어지는 것은 바라지 않습니다.

꽃이 피고 나선 이후에 지는 날이 한참 지나서까지
그대의 이름이 나에게 머물러 있기를 간절하며
홀연히 왔다 가는 봄날의 정점처럼
아쉬워하고 있다는 것을 알려주고 싶습니다.

사랑은 치명적인 바이러스입니다

고마워요. 당신. 곁에 있거나 그렇지 못하거나 큰 상관은 없어요. 그리움을 기다리는 습성을 타고나서 간절함을 지니고 살아요. 머리가 복잡하면 풀리지 않는 숙제와도 같이 당신은 내게 복잡하기만 해요. 사실 풀고 싶지 않다는 것이 맞아요. 늘 당신에게 얽혀버리는 걸 바라고 있어요. 사랑한다는 건 그런 걸 거예요. 너무나 복합적이어서 머리가 아픈 게 당연합니다.

그래요. 믿지 못하겠지만 내가 당신에게 가는 방법이에요. 슬퍼서 난 또 지금 눈시울이 빨개졌어요. 창피하기도 하네요. 토끼처럼 붉은 눈이 맨날 그대로여서 안약을 달고 살아요. 그러나 눈 깜박거림이 멈추면 여전히 당신은 내 눈 안에 그대로 있더군요. 감았다 떠야만 하는 눈을 영원히 가릴 순 없겠지요.

아무튼 그래요. 오늘이나 내일이나 나에겐 마찬가지예요. 당신이 곁에 있어도 없어도 당신만을 향해 뻗어가는 내 심장의 두근댐을 어찌 그만둘 수 있겠습니까. 숱한 시간들이 반복되고 있어요. 그침은 나와 어울리지 못해요. 사랑할 수 없는 것이 아니라 사랑을 잊을 수 없어요. 모순이 얽혀 있는 공황상태가 나예요. 너무 적나라하게 노출되어 있어서 오히려 미안해야 할 따름입니다.

용서해 줘요. 내가 이토록 열심히 당신만 사랑함을. 멀리 둬 주세요. 내가 내놓는 심장의 동맥으로부터 분출되고 있는 뜨거운 피에 젖지 않도록 나에게서 충분히 떨어져 있어야 해요. 내 몸속에 잠재되어 있다 피와 함께 분출될 바이러스에 당신 절대 감염되지 말아요. 그 치명적인 전염성에 노출되면 당신 땅을 치며 후회하게 될 거예요.

그래요. 그럴 거예요. 사랑은 그렇게 무서운 중독이죠. 한 번 감염되면 치유의 방안이 없어요. 목숨을 내놓아도 완치가 안 돼요. 당신은 그런 사랑의 지옥에 들어오지 말아요. 사랑하는 것은 빠져나올 수 없는 블랙홀에 스스로 들어가는 것과 같아요. 사랑하는 것은 즐겁게 나를 소멸시키는 괴상한 억측입니다. 그래도 빠져나올 수 없는 사랑에 붙들려서 다행이에요. 고맙고 감사합니다. 당신이 내 안으로 들어와 줘서, 당신을 내가 가슴을 열고 품을 수 있게 해 줘서.

황화코스모스 길에서

새벽이 풀어놓은 서늘함이 몸서리를 불러옵니다.

낮게 내려앉아 있는 구름은 잠시도 이동을 쉬지 않네요.

바삐 가야 할 곳이 있겠지요.

기다리는 무엇인가에게 가야 할 겁니다.

얼른 가서 그 품에 안겨 쉬고 싶을 것이지요.

나도 그렇습니다.

멈추지 못하는 것.

부르르 몸 떨어내고 가야 할 데가 있기 때문이랍니다.

이른 가을이 거칠게 여름 속으로 와 버렸습니다.

타박거리며 묵언과 함께 계절이 혼재된 길을 걸었습니다.

나에게 손 내밀어 마디와 마디를 어긋네 손가락을 걸어봅니다.

거친 바람처럼 왔다가 지나쳐갈 삶을

그렇게 손등과 손바닥 사이에 포개고 있습니다.

가던 길을 멈추고 길가장자리에 섭니다.

황화코스모스가 바람에 춤을 춥니다.

서로의 낯을 비비며 뜨겁게 춤을 추고 있습니다.

한참을 춤 구경을 하다가 부풀려지는 그리움에

어느새 가슴 뜨거워져버렸습니다.

말솜씨

맵시가 나게 말을 해야겠습니다.
맛깔지게 단어를 사용해야겠습니다.
말을 이용하는 방식은 사람 따라 달라서,
말을 받는 수준은 사람마다 같지 않아서
시의적절한 말솜씨를 부려야 합니다.

말이 금이 될 수도, 독약이 되기도 하는 것은
솜씨가 얼마나 뛰어난지의 영역입니다.
들으면 취해서 정신을 차리지 못하도록,
말빨에 빠져들어서 깨어나고 싶지 않도록
언어를 다듬고 두드리며 담금질을 해야겠습니다.

그러나 말의 포대를 열어 목소리를 꺼내기 전과 후가
동일하게 진실을 담아야 한다는 전제가
변질되지 않는 확고함으로 유효해야 합니다.

꽃이 예쁘다고 콧말을 하는 너에게

꽃 따위는 감히 견줄 수 없이 예쁘고 향기로운 사람이 너라고

최고의 말솜씨를 부리는 내 입술이

체면 없이 크게 치켜 올라가고 있습니다.

별비처럼

수없는 반짝임으로 와주었으면 해.

셀 수 없는 그리움으로 먹먹했던 날들을 보상해 주듯

한꺼번에 별비처럼 쏟아졌으면 해.

물비 같이 흐르지 않고

쌓이고 쌓여 별빛 산이 되었으면 해.

그리하여 빛이 나는 너를 지켜보는 희열에

온몸이 불타올라도 괜찮을 거야.

별빛을 볼 때마다 이성이 마비되는 열감에

서슴없이 빠져들어 기꺼이 시달려야 직성이 풀려.

너를 위한 그리움에 반했기 때문이라고

변명 같지 않은 변명을 이렇게 해보는 거야.

옆에서 걷는다는

앞장서 가던 때에는 자주 뒤돌아 보아야 했습니다.
오고 있는지, 돌아서 가버리지는 않는지
근심과 불안을 털어낼 수가 없었습니다.
자신감이라 우겼지만 사실은 자만이었습니다.
자만은 나약함을 감추기 위한 억지에서 비롯됩니다.

진실로 자신감에 찬 사람은 앞서가려 하지 않습니다.
같이 가는 이가 먼저 갈 수 있도록
좋은 길을 향해 방향을 안내할 뿐입니다.
뒤에서 등을 떠밀어 방향을 통제하지도 않습니다.

길을 잃지 않고 나아갈 수 있게 팔을 잡아줄 뿐입니다.
그대와 함께 걸으면서 걷는 즐거움에 빠져들었습니다.
앞에 서지도 않고 뒤에 쳐지지도 않고
고른 숨을 쉬면서 옆에서 걷는 내가 대견해졌습니다.

호흡이 거칠어지고 있는 것은 아닌지,

힘에 부치는가 싶으면 쉬어가게 해야 하는 것은 아닌지

곁에서 세심히 살필 수 있게 되었습니다.

동행은 옆에서 걷는다는 철학의 실천입니다.

돌아올 곳이 되어줄게

아무 때나 돌아와도 상관없다.
하고 있던 사랑이 지겨워졌을 때면 어떻고
잊고 싶은 사람의 기억에서
재빨리 빠져나와야 할 때에도
주춤거리지 말고, 미안해할 필요 없이
내가 쌓아놓은 담장 안으로 오면 된다.
언제나 돌아올 곳이 되어줄게.
예고되지 않은 갑작스러운 방문일수록
기대감이 없어서 더 괜찮을 거야.
정했던 곳으로 가다 이유 없이
마음이 바뀐 변덕이어도 좋다.
바람에 등이 떠밀려 온 지도 모르게
왔다는 변명은 하지 않아도 된다.
기억의 모서리에 내가 있었을 테니까.
나는 너에게만 열려있다.

가을맞이

입추가 지났다고 곧 가을이 올 거라고
입꼬리를 올리며 말하는 너를 보면서
계절의 순리가 순탄해지지 않고 있는 날씨를
눈살을 가늘게 찌푸리며 살펴보아야 했다.
한철을 뜨겁게 살아야 할 매미의 울음은
폭우와 폭염에 가로막혔다가 이제야 절정이다.

가을의 초입이라고 알려야 할 황화코스모스의 개화는
꽃대만 밀어 올리며 아직 준비 중일 뿐이다.
이대로라면 처서는 지나야 달궈졌던 땅속의 열기가
가을꽃을 피울 적기의 온도로 내려갈 것이다.
그리하여 바람이 무거워지고
여행을 준비하던 사람들이 짐을 싸기 시작하면
본격적인 가을이 시작하리란 신호가 될 것이다.
지금 무릎쓰고 있는 단계를 건너뛰려 서두르지 않도록 하자.
견뎌야 하는 고됨이 클수록 가을이 멋지게 오리라 믿는다.
서풍을 품은 바닷물의 수온이 식으면

비로소 고추잠자리가 머리 위로 비상을 시도할

맑고 시원 찬란한 가을이 온다.

남편님, 유감입니다

"첨엔 무조건 내편이었는데 요샌 남편이 됐네요. 유감입니다."
불쑥 나를 남의 편으로 갈라놓는다.
내가 언제 그랬냐고 항의를 하는 순간 싸움으로 번질까 두려워
어벙벙히 대꾸할 말을 찾다가 한소리 더 듣는다.

"변명이라도 할 줄 알았는데 남편 맞네. 배신자 같으니라고."
말을 받아쳐도, 말을 하지 않아도 같은 결과이리란 건
뻔히 알고 있지만 억울함이 줄어들지는 않는다.

음식 잘하고, 청소 잘하고, 손이 빨라 집안일을 시원하게 잘하고,
갈아입을 옷가지도 제때 잘 챙겨줘 외출 고민을 없애 준다고
나무랄 데가 없는데 다만 서두르다 깨고, 엎고, 다치는 일이 빈번해서
걱정이라는 자랑질을 너스레처럼 지인들의 부부동반 자리에서

주렁주렁 늘어놓았더니 칭찬만 할 줄 알았는데,

데가 뭐냐고, 데 이후가 섭섭하단다.
말끝을 다로 끝내야지 데로 이어가면 안 된단다.
고맙고, 사랑스럽고, 예뻐서 자랑을 하고 싶었다고,
사람들 눈치 보여서 흠도 살짝 드러낸 것이라고,
담엔 안 그러겠다고, 나는 네편이어서 행복하다고,
고의 이유를 연발하며 두 손바닥을 단단히 모은채 사정할
밖에.

가을의 범위

백합나무가 잎을 반짝이며 가을햇살을 뒤집고 있습니다.
햇볕 아래에서 잠시 방심하고 서 있으면
아직은 흥건히 땀이 배어 나오는 여름의 끝에 가까이 닿아 있습니다.
그러나 막바지를 울고 있는 매미소리가 음폭을 높일수록
가을이 이미 와 있다는 것을 역설적으로 알려줍니다.
올해도 예년의 가을과 다르지 않을 듯합니다.
여행을 갔던 이들은 돌아오는 여행길에 오를 것입니다.
혼자였던 이는 여전히 혼자여야 할 것입니다.
계절이 바뀔 뿐 이어지고 있는 삶의 방식이 변하는 것은 없습니다.
백합나무가 잎의 색을 달리하다 가지에서 분리해 낼 때까지가
보편적으로 가을을 누릴 수 있는 범위입니다.
하지만 나는 조금 더 가을의 시간을 연장하고 싶습니다.
찬바람이 품고와 뿌려주는 첫눈이 오기 전까지
가을을 전송하고 싶지 않기 때문입니다.
떠났던 이들이 마음을 정비하고 기꺼이 돌아올 수 있도록

시간을 넉넉히 연장해 주기 위해서입니다.

기다림을 올 가을에는 그렇게 해서라도 마무리하고 싶습니다.

기울어지다

기운이 없는 날에는 지독히 기대고 싶습니다.
기분이 좋은 날에도 역시 마찬가지입니다.
쓸쓸할 여유가 없어졌습니다.
보고 싶었다고 투정을 부리지 않게 되었습니다.
마음이 심란할 때에는 부쩍 기울어짐이 가팔라집니다.
마음이 편안한 날에도 지루하다고
심통을 부릴 만큼 한가롭지가 않습니다.
그대에게 귀를 기울여 숨소리를 듣기 시작하면서부터,
가슴을 맞대며 체온을 나눌 수 있게 되면서부터
밋밋하던 일상이 혁명적으로 바뀌었습니다.
사랑은 서로에게 지속적으로 기울어지는 것입니다.

가을비 우산 속에서

가을에 내리는 비는 여러 날 오기를 마다하지 않습니다.
하루 정도로는 깊어지려는 계절의 풍미를 내기가 아쉬울 겁니다.
소리마저 차분함을 유지하도록 쓸모를 다하며 일정함을 지속합니다.
동반하는 바람은 거칠지 않아서 나무와 나무 사이의 틈을 우산이 지나갈 수 있도록 여유롭게 개방해 줍니다.

오른 손목에 힘을 빼고 손바닥을 오므려 우산 손잡이에 올려놓습니다.
잘박거리는 빗물을 밟으며 가을 속으로 들어가는 채비를 하는 것입니다.
가을비 우산 속이야말로 뒤에 두고 온 시간의 이야기들과
앞서 있는 날을 채워야 할 줄거리들을 구상하며
나와의 대화를 시도하기에 최적의 장소입니다.
일상을 지배하고 있는 이성을 내려놓고 우산살대를 자극하는
빗소리에 맞춰 조금 과하게 감상적이어도 좋습니다.

앞서가는 우산의 보조에 맞춰 무아지경으로 빠져드는
사색의 달콤함을 방해하는 전화벨은 무음으로 바꿔놓는
것을 잊지 않습니다.
셋째 날째 그칠 기미를 보이지 않는 빗줄기는
서둘러 멈추지 않고 두 날을 더 예약해 놓았다고 합니다.
우산을 받쳐 들고 최대한 깊숙이 가을의 고즈넉함으로 들
어가야겠습니다.

3장.
저 혼자 꽃이 된 사람은 없다

저 혼자 꽃이 된 사람은 없다

꽃은 저절로 피지 않는다.
뿌리에서 줄기 끝까지 생태계를
온 힘을 다해 품어내야만 그제야
바람과 비와 햇빛을 꽃으로 담아낸다.
덮쳐드는 환경의 시련을 인용하고
물리적인 힘으로부터 잔인한 꺾임을
피해 낸 견딤의 상징물이다.
그리하여 찬란하도록 아름답다는
상투적인 찬사가 아깝지 않다.

사람이 사람을 뜨겁게 안아주고
사람이 환경을 지배하지 않고 어울려야
비로소 꽃처럼 향기로워질 수 있다.
꽃이 자연섭리를 무시하고
저 혼자의 힘으로만 피지 않듯이
저 혼자 잘나서 저절로 꽃같이 된 사람은 없다.
잘나고 싶을수록 세상 속으로 스며들어야 한다.

오늘의 나에게

멀리 바라보려 하지 않았으면 좋겠다.
있는 대로 받아들이고
없는 것을 얻으려 무리하지 않기를 바란다.
시간의 변화에 맞춰 보폭을 결정하며
부자연스러운 속도에 적응하려 애쓰지 않았으면 한다.

사람들 속으로 들어가 섞여서
즐거움과 고난을 받아들이는데 익숙해진 삶에 길들여지자.
어디서든 무난하고 무던해진다면
탈없이 앞으로 나아갈 수 있을 것이다.
지나버린 과오에 집착하지 말자.
희망이란 각오로 내일에 기대를 걸지도 말자.

속이 거북하면 지체 없이 화장실로 달려가 배를 비우듯
오늘의 나에게만 개운하게 집중하자.
여전히 나는 나다울 때가 최선의 나다.

십일월의 서막

어김없이 십일월은 다시 시작된다.
돌이킬 수 없거나 돌아갈 수 없다면
앞을 향해서 내처 가야 한다.
색색이 물이 오른 단풍잎을 주워 들고
나는 나에게 열려있는 길로만 진입한다.
한눈을 팔며 다른 길을 새롭다고 합리화하면서
매끄럽지 못한 생경한 경험을 일삼고 있도록
시간적 한가로움을 허락할 수가 없다.
가야 할 길을 가는 것만으로도 벅차다.
시간은 소비의 미덕이라고 치장할 대상이 아니다.

쉰이 넘어서면서부터 색깔이 깊어진
십일월의 나뭇잎과 흡사한 삶이 되었다.
매년 십일월이 시작되는 첫날이 오면
살아온 날 뒤에서 그리고 살아가야 할 날 앞에서
나는 나에게 경건해진다.

쓸모의 볼모가 되지 않게

쓰임을 걱정할 필요는 없습니다.
세상에 존재하고 있다는 자체가
이미 쓸모가 있다는 것과 다르지 않습니다.
주목을 받지 못하고 방치된 돌멩이 하나도
여름을 푸르게 지켜내고 퇴색한 나뭇잎 한 장도
쓸모를 다했다고 평가절하해서는 안 됩니다.
한 가지의 쓰임을 다하면
다른 쓰임의 소명이 생겨납니다.
돌멩이들이 모여 바람을 막아줄 돌담을 이루고
낙엽들이 쌓여 가을의 평화로움을 만들어 냅니다.
어제까지의 나는 지나간 날들의 쓸모였습니다.
오늘부터의 나는 다가올 날들에게
예측 가능하지 못할 쓸모의 임무를 받았습니다.
쓰임을 다했다는 자책에 사로잡혀
존속을 위태롭게 하는 허무에 주눅이 드는
쓸모의 볼모가 되지 않도록 하겠습니다.
쓸모의 본질은 계속해서 새로운 쓸모로
자가 탈피를 하는 것입니다.

흔들림에 대하여

십일월의 마지막 날, 가지 끝에 위태롭게 걸린
나뭇잎 한 장처럼 흔들림이 몸속에 내장되어 있습니다.
흔들리지 않고 살아온 시간이 없습니다.
상황에 따라 가느다란 나뭇가지가 되어 처지를 조심하며
태도를 소심하게 궁굴려서 혼자 흔들리기도 했습니다.
비바람 거칠어진 어떤 날에는 나뭇기둥처럼
굳건히 버티고 싶었으나 안면을 몇 차례 익혔다고
속도 모르면서 앎을 빙자한 사람들이
발길질을 해대며 가만두지 않기도 했습니다.

그리하여 흔들림으로 생겨난 결이 여울에 쓸린 돌처럼
마음의 무늬로 새겨져 있습니다.
그래도 거친 하루를 견뎌낸 것같이 또 한해를
잘 흔들리며 살아냈습니다.
흔들리지 않기 위해 안간힘을 쓰며 마음이
한쪽으로만 기울어져 있는 이들에게 내가 품고 있는
흔들림의 진동을 전해주는 것으로 위로합니다.

흔들려도 된다고, 작은 상처들이 모여 아물어야
삶이 견고해질 것이 아니냐고 마음의 언어를 흔들어 건네
줍니다.

방심하지 말자

실수는 방심에서 출발한다. 평온함이 지속될수록 주변을 살피며 조금의 긴장을 유지해야 한다. 어제처럼, 지금처럼 내일도 괜찮을 거라는 속단이 일상의 평화를 위협한다. 상황의 변화는 나에게서 시작하고 결과는 나에게로 귀속된다. 좋음이 지속될 때 느끼는 안일함이 가장 위험한 신호다. 사람과의 관계는 항상성의 법칙이 작동되지 않는다. 마음이 바뀌는 것은 순식간이다. 말 한마디, 몸짓 한 번이 관계에 금이 가게 만드는 것은 순간이다. 신뢰를 만들어 가는 시간은 길지만 신뢰를 무너뜨리는 시간의 길이는 종잡을 수 없다. 마음을 놓아도 되는 관계는 없다. 막연한 긍정은 부정을 끌어들인다. 세심히 주의를 기울여야 우호적인 관계가 지속된다. 이해관계가 개입된 인연이라면 더더욱 긴장감을 풀면 안 된다. 가깝다고 느낄수록 더 신경을 써줘야 한다. 모든 시간을 무시하지 않고 살피고 있다는 신호를 자주 보여줘야 한다. 실수는 회복하지 못한다. 다만, 반복을 차단함으로써 관계의 폭주를 막을 뿐이다. 예단하지 않고 방심하지 않아야 오늘처럼 내일의 끈이 이어질 수 있는 것이 사람과 사람의 관계다.

그래도 살아남자

마음이 꺾이지 않으면 된다. 아무리 힘에 부치는 날들이 계속 이어지더라도 어금니를 물고 어거지로 버텨보는 거다. 어려움에도 끝은 있다. 끝이 없을 것만 같던 길도 가다 보면 끝이 있다. 바다로 이어지거나 절벽으로 끊어진다. 비록 다른 길로 다시 이어지겠지만 다른 길은 다른 길일 뿐이다. 어려움도 같은 어려움이 아닐 것이다. 살아가는 일이 결코 쉬운 길이 아닐 것이므로 살아갈만 할 것이다. 평탄하기만 하다면 지루할 것이 아닌가. 언덕도 있고 진흙탕도 있어야 걷는 재미가 있다. 그렇다고 모든 길이 험로로만 이어져 있지는 않다. 진득한 땀을 씻어낼 시원한 물을 만나기도 하고 고됨을 잠시 내려놓을 수 있는 숲길의 아늑함 속에 잠을 청할 수도 있으리라.

무엇보다도 꺾이지 않고 오롯이 내가 가야 하는 길을 갈 수 있음에 감사하도록 하자. 길이 있음에도 더 이상 가지 못한다면 죽음에 직면했다는 것이리라. 난관에 가로막히지 않고 살아가는 사람은 없다. 높고 낮음의 차이, 깊고 얕

음의 차이가 있을 뿐, 어려움을 극복하며 살아가야 하는 것이 살아가는 자의 숙명이다. 벽을 넘어가야 할 때에는 손가락에 피멍이 들더라도 기어 넘어가야 한다. 멀리 돌아가야 할 때에는 필연적으로 늘어나는 거리를 기꺼이 수용해야 한다. 지금 눈앞을 막아선 거대한 벽을 짚고 절망하는 이여! 그래도 살아남자. 멈춤 없이 살아내는 것이 운명으로부터 이기는 것이다.

잔설과의 대화

잔설이 녹지 않는 길을 걸어가는 발끝이 조심스럽다.
영하의 날들이 지속되고 있는 길의 미끄럼이
사람의 걸음걸이를 서툴게 만들지만
겨울이 겨울다움을 인정해야 한다.

어느새 애기동백이 피었다 지고 있다는 소식이
1004개의 섬과 섬들이 육지로 연결된 신안에서 들려온다.
애기동백이 지고 있다는 것은 애틋하게
기다리지 않아도 봄소식이 멀지 않았다는 징조다.
바다를 품은 섬들이 날라오는 봄소리가
꽃이 지고 있다는 아쉬움을 덜게 해 준다.

다 치우지 못하고 길옆으로 밀어놓은 눈 무덤이
녹다 얼다를 되풀이하며 겨울을 퇴화시키듯
눈 시렸던 흰색을 갈화 시켜 가고 있다.
오고 가려는 의지를 막아설 수는 없다.
사람이든, 자연의 흐름이든 살아있음이 정당한

시간이 가진 자발성을 거스르려 하면 안 된다.

잔설이 녹은 물이 말라 길이 단단해지는 날까지

질척임을 마다하지 않고 걸음마를 조심해야 할 뿐이다.

괜찮을만한 이유

시를 쓰지 않는다고, 글을 짓지 않는다고
아무도 나를 향해 컹컹대며 짖지 않았습니다.
오히려 그런 나를 나만이 질책하고 보챘던 듯합니다.
여전히 바람은 차갑지만 냉기 속에서도
따뜻한 기운이 잠잠히 흐르듯 내가 품고 있는 언어들은
머릿속에서부터 발끝까지 오르내리고 있음을 감지합니다.
안 쓰면 어떻습니까, 못 쓰면 또 어떻답니까.
글자로 표시되지 않고 있어도
나는 살아 움직이는 언어 그 자체입니다.
흘러가는 바람이내는 쌩쌩 거리는 소리나 보면서
가뭄이 지속되는 마른 겨울엔 기다리는 비보다
쓸모가 덜 하다고 탄식 세례를 감당해야 하는
눈 날림이 푸대접을 받는 날씨나 탓하면서
직관자의 거침없는 시선으로 살고 있으면 될 듯합니다.
싫으면 싫고 통하면 거슬림 없이 단련된 시간을 살고 싶습니다.
눈치를 버렸습니다, 염치를 물렸습니다.

시를 써야겠다는, 글을 지어야겠다는
내가 자초하고 있었던 당연의 함정에서 빠져나와
일상이 홀가분의 수렁에서 오히려 다부져졌습니다.
이대로의 나는 나대로 참, 괜찮습니다.

배터리를 충전하며

새벽어둠이 짙어지고 있는 가을이다.

멀고 먼 출근길, 새벽 쓰린 속만큼

가야 할 길은 좀체 줄지 않는다.

아직은 이렇게 사는 것마저도 고마워해야 할 때,

졸음에 지지 않으려 고속도로를 벗어난 휴게소에서

텀블러에 밀봉해온 커피를 마시며 잠시 한잠을 돌린다.

목적지까지 남은 거리를 다 견뎌내지 못할 것 같아

삶의 동반자로 자리를 잡은 전기차 배터리를 충전한다.

지금은 무작정 힘들다는 투정을 부릴 때가 아니다.

새벽을 밀어내며 삶의 현장을 향해 질주하는

차들의 행렬에 동참해야 한다.

쌓아놓지 못한 넉넉함을 보충해야 할 때다.

내일이라고 오늘과 다를 것이라는 어설픈 기대는

어쩌면 곧 이어올 뒷날로 밀어 두자.

짙은 어둠 속에서 과육을 익히며 가을을 담아내고 있는

모과나무처럼 남아있는 삶을 충전해야 한다.

내가 역사다

자형화와 부겐베리아가 지키고 있는 베트남의 2월을 나는 아직 보내줄 맘이 없었을 것이다. 강렬한 햇살과 나무 그늘의 시원함이 공존하는 여행지에서 이방인으로라도 오래 남아있고 싶었기 때문이다. 떠나오기 전 해안선에서 가까운 남도 땅에서도 겨울과 봄사이의 시샘추위에 부적응 중이었다. 그러나 마음과는 상관없이 꽃이 진자리에 새 꽃이 피듯 다른 시간이 오고 있는 것을 막아설 수 없다는 한계를 받아들이고 있다. 호이안의 강을 따라 침수되기를 반복하면서도 명맥을 끊지 않고 있는 낡은 집들이 살아있는 시련의 역사다. 기록되지 않는다는 이유로 무시되어서는 안 된다. 사람과 사람의 기억으로 이어지는 이야기가 찐 역사다. 지나간 것도, 오고 있는 것도 역시 역사다. 그러한 끊질긴 시간을 만지면서 오래 묵은 목선에 올라탄 채 강물을 유연히 흘려보내고 있는 지금의 나도 역사다. 수많은 전쟁과 침략을 이겨내면서 살이의 압박에 침탈된 사람들의 깊게 패인 한숨소리가 강바닥에서 물소리처럼 들려오는 듯 현실감이 있다. 숨죽이며 삶을 역사로 만들고 있었으리라. 그 흐느낌 위를 지나가고 있는 지금도 시간은 중첩되고 있으리라. 그리하여 눌려있을수록 오래된 역사로 기록될 것이다.살아가는 자체가 역사이기 때문이다. 그러므로 지금을 살아내고 있는 내가 역사다. 어깨를 걸고 부대끼는 우리 전부가 역사다.

달팽이를 따라가야겠습니다

움직이고 있는 것인지 멈춰있는 것인지
느림을 초월해 더디기만 합니다.
그러나 촉수의 방향이 향하고 있는 곳을 향해
가늠하지 못할 속도로 달팽이는 가고 있습니다.
단단히 버틴 채로 매달려 있는 풀잎의 끝까지 오르기 위해
얼마나 많이 움직였는지 헤아릴 엄두가 나지 않습니다.
다시 풀잎의 아래로 방향을 전환하기까지
기다려볼 심산이지만 위치를 바꿀 찰나의
거대한 느림의 속도를 따라갈 수 있을지 모르겠습니다.
시간을 끌어당겼다 놓기를 한없이 반복하면서도
쉬지 않는 달팽이의 속력이 무섭습니다.
가야 할 곳을 향해 반듯하게 방향을 지키는
느림의 안정감을 닮아야겠습니다.
달팽이와 시선을 맞추기 위해
무릎을 구부린 채 쪼그려 앉습니다.
작지만 지치지 않는 움직임에 동화된 듯
심장의 박동이 느려집니다.

들숨을 깊이 마시고 날숨을 최대한 길게 하면서
내가 나서야 할 방향을 견고하게 지켜야겠습니다.
멈칫거림이 없는 재능으로 생의 시간을 관통하며 기어가는
슬로우의 명장, 달팽이를 따라가야겠습니다.

마지막 문장

쓰다가 놓아둔 지 오래된 글을 꺼내 들었지만 이어 쓸 말이 떠오르지 않는다. 기억의 회로가 적절하게 돌아가지 않고 있다. 기억하고 있는 실체가 진짜인지 허상인지 혼란스럽다. 사람을 상대로 한 기억일수록 심리적 상태의 진위가 더욱 의심스럽다. 시간이 기억의 생생함을 희석시키기 때문이다. 이어 쓰기를 포기하고 줄을 바꿔 다른 이야기를 해야겠다는 유혹을 물리치기가 쉽지 않다.

그래서 그랬는지 모르겠다. 사랑한다고 말을 꺼냈던 날 나는 유난히 풀이 죽었다. 알 수 없는 무기력을 깨달았다. 지키고 있던 자존감을 잃었다. 그렇게 내가 아닌 네가 전부인 세계로 연결된다는 것은 낯설고 무서웠다. 세계가 바뀐다는 건 알고 있던 세상의 멸망이었다. 내가 지키고 있던 세상이 사라지고 네가 열어준 새로운 우주가 블랙홀 같이 나를 끌어들였다. 그런 세상과 이어준 사람은 기억의 시간이 무수히 지났어도 옅어지지 않는다. 지금 어디에 있건 없건 상관없이 가슴살을 파고 새겨져 있는 너의 잔해가 실핏줄을 타고 온몸에 퍼져있다. 사랑이 한 사람의 생을 전혀 다른 세계의 번성함에 포함시킨다. 너에 대한 기억이 살아나자마자 감정의 회로들이 가동을 시작한다. 의기소침해 있던 기억의 파편들이 얽혀 들어 이어 쓰기가 가능해진다. 너의 세계가 나의 세계와 다르지 않다고 마지막 문장을 쓴다.

글을 짓습니다

단어들을 씻어 가슴속에다 불려놓습니다.
머리로 올리기 전에 충분히 불어난 낱단어들이 필요합니다.
알맞게 표현할 문장으로 만들기 위해서는
생각들을 치밀하게 이어야 합니다.
설익지 않도록 고르게 펴서 밥솥에 쌀을 안치듯
단어와 단어를 안정화시켜 줍니다.

쌀알들이 윤기를 내며 서로 뭉치며 익어갈 동안
솥을 덮힌 김이 임무를 마치고 뚜껑 사이를 비집고 나가듯
가슴에서 머리까지의 통로를 개방해야 합니다.
상차림이 완성되기 위해서는 잘 지어진 공깃밥이
상위에 올라야 하는 것처럼
맛깔스러운 글을 짓기 위해서는 단어들의 어울림이 찰져야 합니다.

아궁이에 장작불을 지펴 매운 연기에 눈물콧물 흘리며
비지땀에 젖어 지어낸 밥이 제맛으로 대우받아야 정상입니다.

예스러운 가마솥에 밥을 짓듯 글을 짓습니다.

한 줄의 글을 대면하기 위한 나의 태도는

정성이라는 말을 이처럼 어렵게 돌려 말합니다.

이비인후과 앞에서

한계를 초과하고 있는 폭염으로 모양이 뒤틀린
보도블럭 위에 닿는 신발바닥에서부터
열사의 지열이 정수리까지 뚫고 들어온다.
팔월이 시작되자마자 더위를 먹고 말았다.
극한의 기온에 항복한 입맛이 음식을 입에 부치길 거부한다.
어지럼증과 메스꺼움 때문에 도통 기운이 나질 않는다.

다시 기세를 키우는 코로나 변종과
때에 맞지 않게 유행하는 독감이
쌍끌이로 동네병원을 북적이게 하고 있다.
병원균이 병원체를 찾아 번식을 하는 유행은
이제 때와 장소의 한계를 넘어선 듯하다.
서랍 속에 넣어뒀던 항균마스크를 꺼내 쓰고
온열병에 걸린 것인지, 호흡기병에 감염된 것인지
걱정 한가득 품고 이비인후과를 찾아가는 길,
현기증이 침투해 잠시의 걷기마저 쓰러질까 두렵다.

비정상에 익숙해져야 살아갈 수 있는 시절이다.

여름이 여름답고 겨울이 겨울다워야 하는

경계가 무너지고 극과 극의 한계가 맞닿는다.

최고로 덥고 최대로 추운 날이 정상이 되지 않을까

미뤄 짐작하게 하는 고열의 팔월을 불평하며

그래도 살아있음을 확인하는 병원 앞이다.

최선의 위로

어제도 했습니다. 아마 거의 모든 날을 했나 봅니다.
해도 해도 끝나지 않을 듯합니다.
할수록 잘 되지도 않는 것 같습니다.
지켜지고 있는 것인지, 안 지키고 있는 것인지
고개를 기울이며 애매모호하다고 스스로 수긍을 하고 맙니다.
내일과 모레의 날이라고 하지 않을 수 없을 겁니다.
살아갈 모두의 날을 권리나 되는 것처럼 되풀이해야 할 겁니다.
하지 않으면 뒤가 켕겨서 살 수 없지 않을까 지레 겁이 납니다.
소리 내 하기도 합니다.
볼펜을 꾹꾹 눌러쓰기도 합니다.
휴대폰을 열 때마다 바탕화면에 보이도록 해놓았습니다.
건성건성하게 보일지 모르겠지만
뿜어낼 수 있는 진심을 다 담았습니다.

나에게 내가 최선이 되도록 지켜주자는 다짐은
하면 할수록 질리지 않는 위로입니다.

갈대 사이 도깨비가지꽃

감자꽃이거나 가지꽃과 닮았으나
전혀 다른 생명체가 예상치 못한 곳에 자리를 잡고는
생경한 자세로 만남을 주선하고 있었다.
갈대가 우거진 하천가에 등불을 밝히듯
거친 갈대줄기를 밀쳐내고 틈을 만들어
자태를 굳건히 잡은 도깨비가지꽃,
생소한 모양으로 낯가림도 없이
빤히 얼굴을 갈댓잎 사이에 들이밀고 있다.
질긴 집념은 타고난 잡풀들의 성정인가 보다.
생명을 유지시키는 각고의 연명술에
갈대도 자리를 내주어야 했으리라.
세든 공간을 넓히며 도깨비가지는
버젓이 꽃무리를 피워 생존을 과시하고 있다.
몰염치로 지탄받으면 어떤가,
삶의 유형에 구차함이란 없다.
배짱은 절박함에서 비롯되어야 용기가 된다는
단순한 진리를 도깨비가지꽃에게 전수받는다.

이름 부자

김현O, 김하O, 김선O, 김원O, 김길O, 김은O…….
가족으로 맺어진 이름은 불러볼수록
가슴이 따뜻함으로 파동이 멈추지 않습니다.

최종O, 김종O, 권은O, 이상O, 김행O, 최은O…….
매일 같거나 다른 일들로 얽힌 이름은
입에 붙어서 가족과 별반 다르지 않습니다.

손영O, 구현O, 제홍O, 김석O, 최승O, 권광O…….
같은 하늘을 보며 웃고 울었던 친구들은
시간의 변화에 상관없이 여전히 그대로입니다.

김, 이, 박, 최, 한, 오, 황, 제, 염, 기, 양, 허, 윤,
정, 남, 오, 조, 홍, 전, 남궁, 안, 제갈, 심, 공, 서…….
이름 앞에 놓인 뿌리들이 입에 착, 착 붙습니다.

인연이 있거나 인연을 갖고 싶거나 부를 사람이 많은
나는 이름 부자여서 든든합니다.

그래도 보고서

그래도 라는 말이 입에 붙었다. 그래도는 긍정을 향한 에너지원이다. 힘에 부치는 상태에 있을 때 나를 붙잡아 준다. 풀리지 않는 일상의 실타래에 매여 있을 때 포기하지 않고 다시 힘을 내볼 용기를 내어준다. 그러나는 상황을 부정하는 반전의 언어다. 그래서는 인과를 잇는 이성적 언어로 치자. 나의 무한애정어가 된 그래도는 수긍을 전제로 한 감각의 언어다. 자칫 무너질 위기의 감정에 획을 긋는다. 현재를 그대로 인정해야 다음으로 나아갈 수 있다. 무엇이 잘되었고 어떤 것이 잘못된 것인지에 대한 주관적 판단이 존중되어야 대안의 단계로 들어갈 수 있다. 판단의 주관자는 나일 수밖에 없다. 만족의 지대로 가는 길을 그래도가 연다. 뜻대로 안 되었다는 자책을 만회하기 위해서는 전과 후의 나를 연결해야 한다. 그래서 나는 그래도라는 최면을 좌심방에 걸어둔다. 온 정신의 핏줄에 새로운 피를 순환시키기 위해.

흐르는 물은 뒤돌아 보지 않는다

발원지를 빠져나가 좁은 계곡을 가파르게 질주하다
끝끝내 강을 완성해 내는 물의 괴력은 웅장하다.
물길이 넓어질수록 급속이 완속으로 바뀌었다 하더라도
물의 본성인 흐름은 절대로 멈추지 않는다.

사람의 시간도 물과 같다.
태어난 이래로 자람은 멈추지 않는다.
고난을 넘어서고 희비에 붙들린 감정의 기복을 넘나들며
방향이 정해진 성장을 이뤄내는 저력이 굳세 진다.

한번 지나간 시간은 흐르는 물이 뒤돌아 보지 않듯
처음으로 되돌릴 수 없다.
유속이 완만한 물을 따라가듯 시간의 무등을 타고
목적지를 찾아가는 여행을 지속해야 한다.

잃어버린 사람들의 흔적이 아릿하게 파고들어 와
일상을 지탱하고 있는 기력이 흔들릴 때마다

흐르는 물처럼 뒤돌아 보지 말자는 주문을 한다.

나의 본질도 물과 같이 앞으로 나아감이다.

말벗에게

표현의 한계에 갇혀서 하다 하다 못하겠거든
눈으로 해도 알아들을 테니 머뭇거리지 마라.

목을 울려서 입으로 해야만
너의 뜻을 이해하는 것은 아니야.
때론 작은 팔벌림만으로도 괜찮아.
누렇게 침착이 된 이를 드러내놓고
얼굴근육을 써서 신호를 해도 좋아.

너에게는 머리와 가슴이 열려 있어서
흔한 발짓, 어색한 손짓 모두를
진담으로 받아들일 준비가 되어 있거든.

네가 품어내는 의미를 입술로 재현하며
처음부터 마지막까지 결계를 친 동행의지에
깃들어 있는 감정이입을 풀지 않고 있을게.

추파를 던지다

러닝머신 위를 삼십 분 가량 전력질주 하고 난 후처럼 진땀이 난다. 한 사람을 맞이하고 떠나보내는 과정은 심장 근육이 팽창과 수축을 반복하는 것과 같다. 관계의 지속이 길고 짧음은 문제가 되지 않는다. 얼마나 열중해 마음을 주고받았느냐에 따라 상실의 갈피가 정해진다. 배롱나무 꽃이 색색의 꽃무덤을 만들며 떨어져 나무그늘 밑으로 모이기 시작한다. 속상함을 진정시키려 할수록 속내를 물들인 꽃무늬들의 잔상이 떨림을 빈번히 한다. 매번 가을의 시작이 이러했다. 차분히 맞이하려 애를 썼지만 착잡함이 먼저 손을 내밀었다. 이별이 많았던 계절이기 때문이다. 그리하여 이번 가을동안을 지내는 것도 상심의 시간일 확률이 높다. 잔물결이 바람에게 몸을 뒤집고 있는 섬진강 줄기를 따라 걸음을 놓아본다. 풀잎들이 강바람을 끌어안고 아랫배를 뒤척이며 추파를 던진다. 지나간 시간을 잊기 위해 멀리 갈 필요 없다고 한다. 억지로 지울 수 있을 만큼 만만한 인연은 본래 아니었을 것이라 한다. 두고두고 사라지고 있으니 조급해하지 않아도 괜찮다 한다. 다시 가을로 들어서야 하는 나는 잃을 만큼 잃어서 빼앗길 여분의 마음이 없다. 가져가려거든 채워놓지도 말라고 항변하고 싶다. 이대로 빈 곳이 많은 헐렁함이 좋으니 방관해 달라고 간청하고 싶다. 시작된 가을을 향해 최대한의 간절함을 담아 눈웃음을 친다. 추파를 던진다.

내일 뜨는 해는 내일만의 해다

내일의 해는 내일만의 해다. 매일 해가 뜬다고 모두가 같은 해는 아니다. 밝기가 다르고 온도가 다르다. 비추는 범위가 다르고 빛이 지닌 질량도 다르다. 같은 것 같지만 같지 않다. 오늘의 해가 내일의 해가 될 수 없다. 오늘 뜬 해는 오늘의 역할만 한다. 그러므로 내일 뜨는 해는 내일만 비춘다. 습관처럼 되는 일이 별로 없다. 대상 없는 불평이 잦아진다. 내일은 좋아질 거란 기대에 기대기가 일쑤다. 하지만 내일이 오면 오늘과 별반 다르지 않은 내일을 번번이 맞는다. 오늘이 내일과 다르지 않을 것이란 나태에 안주한다. 그러다 보니 오늘의 계획을 다하지 못하고 내일로 미루기를 쉽게 한다. 잘될 턱이 없음을 알면서도 게으름을 위로한답시고 내일의 계획으로 하지 못한 오늘의 계획을 포함시킨다. 내일을 기대하려면 오늘의 마무리가 좋아야 함을 자꾸 망각한다. 내일을 볼모로 오늘을 푸대접하고 있는 것이다. 내일 뜨는 해는 내일만의 해인 것처럼 오늘 떠있는 해도 오늘이면 끝이라는 현실에 충실하자고 나를 질책한다. 오지 않은 미래는 나의 시간이 아니다. 와 있는 오늘이 완벽하게 내가 가질 수 있는 시간이다. 지금에 있는 나에게 지금에 최적화되어 살아가야 한다는 의식을 습관처럼 되살려 놓아야겠다.

태평염전에서

파도는 들어왔다 나가기를
멈추지 않아야 할 숙명을 타고났다.
그러나 숙명도 환경의 변화에
적응하기 위해 변질을 자초하기도 한다.
염전에서는 들어와서 나가지 못하고 갇혀
본연의 임무를 제한당한 짠물들이
증발을 주도하며 하늘로 귀의 중이다.
물과 소금이란 전혀 다른
운명의 기로에 서는 대전환의 순간이다.
곰삭은 맛을 내는 젓갈의 기본 베이스가 되는
소금은 본래의 속성이 금제 되어야
결정체로 육화된 알갱이채로 섞였다가
대상물에 액화되어 맛으로 스며든다.
염전을 쓸고 지나가는 갯바람 속에서
진득한 삶들이 섞이고 버무려져서
찝찌르하게 발효되는 냄새를 맡는다.
내가 살아가고 있는 시간이

태평염전에 들어왔다 나가지 못하고

소금처럼 고단함을 알맹이로 바꾸는

화학적 변화를 감행하고 있는 것 같다.

칠면초가 품은 염기가 줄기와 잎에

붉은 기운을 촘촘하게 밀어 올리는 것처럼

쌓아놓은 천일염의 간수를 빼고 있는

소금창고에 고정된 눈시울이 붉어진다.

4장.

그립지 않은 날은 하루도 없었다

추억을 추적하다

그렇다고 느끼기만 하기에는 십일월의 하늘은 지루하다.
흐림을 반복하다 안개가 자욱한 날씨가 시간을 잡고 있다.
눈이 올 것 같지만 첫눈이 오기에는 기온이 맞지 않는다.
추워져야 하는데 봄바람처럼 훈풍이 분다.
그렇게 붉은 애기동백이 피고 지기를 시작한
십일월의 한가운데를 나는 걷는다.
보내야 할 이들을 보내주는 십일월이었다.
만나야 할 이들을 만나게 해 준 십일월이었다.
보기만 해서는 실감이 나지 않는 추억을 쓰다듬듯
애기동백꽃을 검지 끝으로 건드려 본다.
잊을만 해진 사람을 다시 소환해 냈다가
사소해져 버린 기억을 붉어진 눈시울 뒤로 밀어내고
소중해져 있는 사람들의 이름을 가슴속으로 불러낸다.
흩어져 있는 꽃잎이 삶과 죽음을 경계 짓는
몽환의 시간으로 들어서게 하는 나무 아래를 따라
푸른 잎들마다 각인되어 있는 추억을 추적하는 중이다.

그립지 않은 날은 하루도 없었다

살아온 모든 날이 같지 않듯이
봄이라고 다 같은 봄이 아니었을 것이다.
그러나 내가 품고 있는 그리움은
겨울이나 봄이나 시간을 가리지 않고 깊어지기만 했다.
바라는 것을 향해 일어서고
이룰 수 없어서 주저앉기를 되풀이하면서도
가만히 정물이나 되는 것처럼
한 곳에 머물러 있을 수는 없었다.

다시 시작하기를 반복하고 지쳤다가
또 기운을 차려야 삶의 궤도를 유지하는 것이
너를 향해 속절없이 빠져있는
간절한 그리움의 본질일 테니까.
겨울이면 거친 바람이 왔다 갈 때까지
호되게 나를 단련시켜야 했다.
그럴수록 너를 잊어버렸다고
인정할 시절은 단 한순간도 없어졌다.

진한 복사꽃이 분홍으로 배나무를 눈멀게 하는 날에도
노란 유채꽃이 시샘 많은 봄바람을 살랑이게 할 때에도
네가 그립지 않은 것은 아니었다.
우어가 물길을 거슬러 올라오는 강물이
은비늘을 햇살에 말리는 강가에서 갈대처럼 흔들리면서도
나는 너를 잊지 않고 있어야 했다.

네가 기억에서 사라지면 내 존재의 의미도
없어진다고 믿고 있기 때문이었다.
너의 영혼에 이어져 있는 세상을 단 하나도 포기할 수 없다.
그렇게 네가 그립지 않은 날은 하루도 없었다.

싸우지 않고 잘 사는 중입니다

다른 이름을 부르지 못하도록 짓누르는
중압감에 시달리게 하던 그리움을 잊었습니다.
머리카락이 빠지도록 가슴공간을
차지하고 있는 슬펐던 시간을 버렸습니다.
싸울수록 나만 손해라는 단순한 아픔을
지워지지 않는 기억 속에
저장해놓고 있을 수만은 없습니다.
최소한의 추억만을 간직하기로 타협했습니다.
모든 시간과 사건들을 추억이라고
기억창고에 보관하는 것은
앞날을 담아낼 공간을 없앨 뿐입니다.
과거를 사는 것은 이제 멈춰야 합니다.
앞의 날들을 위해 바삐 살아야 합니다.
가슴을 찌르는 고역의 장면들과
작별을 선언한 이후로 지나간 시간과
싸우지 않고 잘 사는 중입니다.

보편적 시간의 풍미

웅크려져 있던 근육을 펴고 앉아
그대가 향기를 그러모아 내린 커피를 마시는 시간이
가장 안전한 하루의 시작입니다.
날마다 이런 아침이 달라지지 않았으면 좋겠습니다.
마음이 거칠어지는 일이 일어나지 않기를 바라는
보편적 시간의 풍미를 애호하기 때문입니다.

어지러운 꿈을 꾸다 잊어버리는 일이 싱거워지고
마음을 뒤척이게 만드는 걱정거리도 밋밋해지게 해주는
그대의 곁이 내가 지은 단단한 집입니다.
특별히 신경을 세워야 하는 시간은 부담스럽습니다.
평이한 일상이 반복되는 지루함이
예상하지 못한 사건을 대해야 하는 긴장감보다
우월한 삶을 만들어 가고 싶습니다.

지금이 앞날과 달라지지 않기를 바랍니다.
나에겐 이미 가슴을 탄탄하게 받치고 있는 보편의 가치가 그대를 향해 마주 앉는 것이 되었습니다.

그대가 내어주는 평이한 말과 표정으로 차려진 일상이

가장 맛있는 시간임을 알려주고 싶은 오늘이자 내일입니다.

첫눈이었다

싸락눈일 것이라고 생각했지만
내리는 모양새가 그렇지 않아서 예단할 수 없는
생의 시간과 닮아서 놀랐다.
창틀에 쌓이기 시작했을 때는
이미 바닥을 넓게 덮었다는 알림을 주는 것이었다.
유리를 얼리고 있는 찬바람이 대수롭지 않았다.
털옷을 걸치고 창가에 서서
오고 가는 사람들의 움츠린 어깨와
눈을 이고 있는 주차장의 차들이
처한 처지를 달리 볼 수가 없었다.
내가 지고 있는 어깨와 이마의 무게와 같았다.

새롬으로 맞아야 할 첫눈을
나는 겨울이 혼신을 다해 겨울다워지려는
마지막 신호로 받아들이고 있었다.
괜찮을 거라는 위로를 억지로 만들어 내며
되풀이하는 애증을 끝내고

아프면 아픈 대로, 거추장스러우면 거세게
털어내야 한다는 용기를 불러내고 있어야 했다.
지금 거침이 없이 세상을 덮어 내리는 눈은
너를 잊겠다는 약속이 이미 유효하지 못하다는
한계를 되새기게 하는 첫눈이었다.

강원도의 깊은 밤

눈이 오겠다는 예보는 비가 오고 있다는 현재로 변했다.
날이 짓궂기만 하던 어지러운 꿈에서 깨어나야 했던 잠이
아직 오려면 먼 새벽을 향한 깊은 밤 속으로 달아났다.
바람이 차가울 거라는 예보는 믿을만 했다.
유리창이 부들부들 떨고 있는 베란다에 서서
잠을 포기한 가로등 빛을 사선으로 비껴 내리며 어둠에도
주눅 들지 않는 빗방울이 떨어지고 있는 밤을 지켰다.

누군가는 겨울밤을 새우고 있는 누군가를 그리워하고
어떤 이는 찬기에 몸을 사리고 있을 어떤 이를 원망을 하며
자기 앞에 주어진 오늘을 맞이하고 있을 것이다.
그리움이냐, 미움이냐를 결정하는 기준은 사람이 가진 심성이
제각기 달라서 삶을 대하는 태도가 품고 있는 기본의 차이다.

잦은 강풍주의보가 내리고 있는 강원도의 겨울 깊은 밤을
혼자 맞이하고 보내는 일상이 마냥 쉽지는 않다.
마음의 흔들림을 진정시키고 싶어서 창문을 열고

손바닥을 내밀자마자 털어내야 할 그리움은 다 내보내고

잡아들이지 못해 아쉬웠던 그리움이 있다면

이제 그만 소환하라고 비가 진눈깨비로 변신을 한다.

환혼

폭설경보 계급장을 부여받은 한파를 따라 내리는 눈은
며칠째 그칠 기미를 보이지 않겠다고 선언했다.
그러려니, 올 때가 됐으니 오면 되겠다 했다.
갈 때가 됐다고 가버린 사람처럼 오다 오다 하면
지맘대로 또 훌쩍 가겠지 했다.
뽀득뽀득 바닥을 덮고 있는 애증을 밟아대는
운동화 끈을 내려다보며 가로등 빛이 반사되는 밤을 걸었다.
흰빛이 절정을 넘어서면 푸르스름해지는
빛의 역설이 경이로운 것처럼 새겨진 발자국 뒤꿈치를 따라서
그때가 환각처럼 되풀이되지 않을까 믿어지는 것이었다.
돌이킬 수 없는 아련함으로 심장이 터질 것 같은
십이월 마지막 함박눈을 무작정 받는 마음이 이렇다.

시간의 마법

그때 간절했던 장소의 지명을 누군가와의 이야기 속에서 들어도,
그때 절망했던 바닷가 높은 파고를 지나가다 언뜻 스쳐봐도
이제는 그저 그런 곳, 그냥 그런 장면으로 무심해져 간다.
몇 번의 해가 지나가고, 몇 번의 마주섬과 이별을 반복하고서야
시간의 마법이 걸어놓은 주문이 결국 마음을 무뎌지게 이끌었다.
한번만 숨을 크게 쉬고 참았더라면, 마지막 숨인 듯 내쉬지 않았더라면
하며 만약이란 후회의 병이 깊어졌던 그때로부터
회복이 되어가고 있어서 날이 바뀔 때마다 안도의 호흡을 하게 된다.
지나간 시간을 돌리려 애를 태우는 어릿광대춤을 멈추고
이별은 이별답게 보내주어야 한다는 시간의 명령에
마음을 조아리고 복종을 하는 십이월 마지막 어느 날의 오늘이다.

그리움 뒤로 숨기

어눌하기만 하던 말하기도 하면 할수록
말솜씨가 느는 것처럼 잦은 그리움을 이겨내다 보면
감정의 뒤로 숨기가 익숙해집니다.
그립다는 말을 입버릇처럼 달고 지냈던 시절이 있었습니다.
한정 없이 마음이 허전했던 것 같습니다.
무엇을 해도 의지가 집요해지 않았을 겁니다.
설핏 지나가는 바람에도 마음이 베여 아팠습니다.
말수가 없어지고 나에게로만 파고듦이 깊어졌습니다.
그리움 하나에 다른 그리움을 겹쳐내기 시작하면서
중첩된 그리움을 뭉쳐 하나의 질량으로
감당할 수 있게 되었습니다.
그렇게 그리움의 뒤에 숨기가 쉬워졌던 것입니다.
감추고 있던 기억의 편린들을 꺼내 조립해 내면서
숨기 위해서는 오히려 드러내야 한다는 것을 깨달았습니다.
어디에서든 말하기의 톤이 울림을 가지기 시작했습니다.
겨울과 봄이 서로의 영역을 양보하지 않으려
버티고 서있는 대숲을 거닐다 흥얼거렸습니다.

그러한 내 목소리를 들을 수 있게 되면서부터

그리움에서 빠져나오기가 수고롭지 않게 되었습니다.

흔들리면서 한 걸음

어깨가 흔들려야 걸음이 시작된다.
고개가 방향을 잡아야 다리가 움직인다.
무엇보다도 먼저 의지가 앞장서야
신체를 유기적으로 연결하고 있는
신경세포가 알맞게 연쇄반응을 한다.
팔의 진자운동과 허리의 수평운동이 발생시킨
구동력을 엉덩이와 허벅지로 전달한다.
비로소 시동을 건 발이 보폭을 결정한다.
뇌로 시작해 발가락 끝까지 연결된
실핏줄들이 맘껏 흔들리면서 한걸음은 탄생한다.
걸음의 에너지원은 이렇듯 몸이며 마음의
전부가 동작하는 흔들림이다.

말꽃

심장을 유별나도록 뛰게 만드는 꽃이 있습니다.

한번 피면 오래도록 지지 않고

본래보다 싱싱하게 유지됩니다.

향기가 엄지발가락 끝에서부터 정수리까지

도무지 떠나려 하지 않습니다,

사람과 사람 사이에서 개화하는 이 꽃의 정체는

색깔도 다양해서 색상마다 가진 개성이

최첨단 LED 불꽃보다 고화질입니다.

믿음을 주는 꽃은 에메랄드빛처럼 깊습니다.

용기를 주는 꽃은 티끌도 없는

순백의 안정감이 있습니다.

사랑이 발화시킨 열정의 꽃은

활화산처럼 불꽃으로 분출됩니다.

누구나 발산할 수 있는 한계가 없습니다.

누구에게만이라는 특정한 범위가 없습니다.

뜨거운 관심 한마디가 담긴 말꽃만큼

이 세계를 이롭게 해주는 꽃은 없습니다.

석류꽃이 질 때

선홍의 꽃이 피었다 지는 동안 늦게 시작한 장마는
자책이라도 하듯 예년의 기세를 뛰어넘었다.
하루 걸러 폭우와 폭염주의보를 교차 발휘하면서
유월을 넘어 칠월로 퇴색하지도 못한 꽃을 떠내려 보냈다.
사람이 왔다 가는 것처럼 꽃이 떠난 자리엔 흔적이 남는다.
떠난 이를 잊지 않으려는 안간힘으로
그리움의 크기를 부풀리듯 나뭇잎들이 열매를 키워낸다.
그리하여 떠났다고 믿었던 이는 놓아준 적이 없었고
혼자였다는 슬픔은 거짓된 망상이었음을 추억하게 된다.

호우주의보

우산을 낮게 내려봤자 바짓단이 젖는
범위까지 가리지 못합니다.
아스팔트 위에 물의 길이 생겼습니다.
아마도 삽시간에 거침없는 흐름을 보여줄 것입니다.
이미 찰박거리는 신발로 걸음을 빨리 해 보지만
호우의 등에 올라탄 강풍이
우산의 나아감을 허락하지 않습니다.
빗방울이 빗줄기로 기세를 키울 때는
길에 나서는 게 아니었습니다.
믿었던 큰 우산이 회오리치는 바람에
오히려 뒷걸음을 치게 합니다.
부러질 듯 버텨주는 우산살이 안쓰럽게 보입니다.
그러나 번져드는 진한 습기를 견딜 수 없었습니다.
떠나면서 돌아오겠다는 약속을 믿지 않았지만
잊혀지지 않을 것이라 내심 굳센 척했습니다.
그러므로 기다림은 포기하고 말아야 했어도
그리움까지 끊어내지는 못했습니다.

가슴이 쏟아질듯한 절정의 호우주의보를

그렇게 나는 나에게 발령했습니다.

무등산에서

어둠을 신호로 내리기 시작한 빗줄기가

산기슭을 따라 내려오면서 날카로운 소리를 낸다.

빗방울들이 서로의 몸을 부딪쳐야 될 정도의 강풍이

사선으로 떨어지는 액체에 쇳소리를 씌운다.

캄캄한 공간을 찢어발기며 번개가 천둥을 끌어들인다.

폭우가 이어지는 동안에는 아름들이 나무가

소란을 견디지 못하고 쓰러지듯 마음이 안달이나

주위가 불안정해지는 것을 어쩌지 못하겠다.

잊을만하면 기억의 바닥을 차고 튀어 오르는 이의 얼굴이

금속성의 물질들끼리 서로를 긁어대듯 소름돋게 한다.

휴면을 위해 찾아들어온 민박집에서

한겹의 이불을 정수리까지 덮어쓰고

심란해진 채로 빗소리와 대치중이다.

마음을 회오리치게 하는 과거사는

품고 살만한 추억이 아니라고 진저리를 치면서

식은땀이 베인 손바닥을 비비며 간절해진다.

의식의 뒷면에 똬리를 튼 채 분해되지 않고 있는

사랑했던 이에게서 시작했던 상흔들이

폭우가 그친 산능선같이 말끔하게 정화되기를.

빈집청소

들어서는 순간 빈집의 공허가
열린 문틈을 비집고 밀려 나온다.
사람을 비운 집은 닫힌 문안에 공기를 밀폐시키고
밖으로부터 순환하는 세계를 차단한다.
비어있는 공간이 정지된 진공상태다.
집은 사람의 온기가 있어야 집으로서 자격이 주어진다.
붙박이장들이 제자리를 지키고 있는 사이사이로
빠져나간 세간살이들의 흔적이 어지럽게 흩어져있다.
빗자루질로 남겨진 잔해들을 쓸어 모은다.
떠난 사람들의 체취를 걸레질로 밀어낸다.
단절된 세계를 다시 집안으로 들여오기 위하여
창문을 모조리 열어놓고 공간을 개방한다.
다르지만 비슷한 삶을 가진 사람들이
다시 집으로 스며들어 오는 것을 허용하기 위해
반질반질하게 빈집을 쓸고 닦는다.
아림을 새긴 채로 떠나가버린 이들을 대신해
빈 가슴을 채워줄 새로운 사람을 맞이하듯 경건해진다.

포플러 잎새에 앉은 햇살처럼

너를 향해 지속하고 있는
모든 시간을 열어놓고 있을 동안에는
거침없이 속내를 드러내도 부끄러워 할 필요가 없었다.
독백 같은 고백을 해야 할지 말아야 할지
망설일 이유가 되는 수줍음은 흠집이 아니어서 좋았다.

사랑한다거나 사랑을 했었다거나
시점이 달랐어도 서로를 이해하고선
말 어미를 갈라야 하는 구체성을 따지지 않아서 편했다.
온열경보가 지속되는 열기의 그물에 갇혀
마른침을 삼키면서도 하루 한나절 한시간을
항상 같은 시간단위처럼 소상하게 지켜낼 수 있었다.

너에게 열려있는 심장이 박동을 멈추지 않듯
포플러 잎새에 앉은 햇살처럼 잎맥까지 침투한
광합성 작용은 예사롭지 않은 그리움으로
무한정 진행되고 있었다.

인연을 시작한 때로부터 지금에 이르기까지
흔들림 없이 무한대를 점령한 채로 너를 이끌고 와
내 혈관 속을 속절없이 정화시키고 있어서였다.

그리움의 태풍

요란하던 태풍은 느리게 북상을 하다
열대성 저기압으로 약해지더니 생을 마감했다.
높게 일렁인 파도가 연안의 바닷속을 뒤집어 엎고
강풍은 육지를 한바탕 난장처럼 뒤틀어 놓았다.

몸을 사리고 있던 사람들의 사투는 지금부터 시작이다.
무너지고 쓸린 태풍의 흔적을 헤치고
일상을 되찾아가는 고단함의 몫을 견뎌내야 한다.
고난 없이 그저 지켜지는 삶은 없다.
평온을 유지하기 위해서는 한순간의 방심마저 금물이다.
삶으로부터 소멸되지 않기 위해서는
끊임없이 숨 쉬고 있다는 절박함을 소명해야 한다.

어제는 태풍을 따라온 해일처럼 막아설 수 없는
막중한 그리움이 급격하게 몰아쳐 와서
오래도록 비워놨던 가슴에 허기가 졌다.
방치한 사람에 대한 무던함에 경고등을 울리는 것 같다.

마음속에서 살아나고 사라지길 반복하고 있는
그리움의 태풍은 완전히 소멸되지 않는다고.

그리움 반, 미움 반

한쪽으로 치우쳤다가 가운데로 돌아온다.
마음이 하나로 일관되게 유지되지 않는다.
자발적인 이별이든, 어쩔 수 없는 갈라짐이든
관계의 단절은 다르지 않다.

떠난 이에게서 받아들여야 할 상심의 크기와
떠남을 예고하고 있는 이를 향해있는 서운함의 질량이
많고 적음으로 균등분할이 되지 않는다.
그리움 반, 미움 반으로 이분화된 채로
마음의 갈등이 평행선을 연장시키고 있다.

돌아오길 기다리며 하루의 반을 허비하다
남은 반의 하루는 다시 지어야 할
인연의 재시공을 위한 대가를 계산하다 지친다.
그리움인지, 미움인지 어정쩡한 상태를 철거해야겠다.
새로 터를 다지고 있는 인연의 집은
뼈대부터 부실공사가 되지 않도록
마음의 거푸집을 단단히 세운다.

황혼을 보는 시선

해질 무렵 검붉게 하늘 모서리를 점령하는 노을을 일부러 보려 하지 않았습니다. 황혼의 아름다움에 취하기엔 아직 이른 나이라는 생각이 만들어낸 일종의 딜레마였습니다. 서편을 향해 몸체를 숨기는 태양처럼 나의 젊음도 시뻘건 노을을 만들어내며 다 타버릴 것만 같은 안타까움에 취하고 싶지 않아서였습니다. 하고 싶은 과제가 많이 남아 있습니다. 미처 못 이루고 남겨둔 열정이 식지 않았습니다. 그러나 비에 흠뻑 젖다가 우산을 접고 바라본 노을이 갠 하늘을 밝히고 있는 장관은 눈의 개안을 재촉해 왔습니다. 해가 뜨기 전 여명이 가장 밝게 사람의 가슴을 비추듯 해 지기 전 노을이 삶의 여정을 지속하려는 사람에게 가장 편안한 어둠이라는 것을 알겠습니다. 태양빛에 물들어 최대한 낮게 내려오는 하늘은 내일로 가기 위해 거쳐가야 하는 간이역입니다. 휴식이 없이 줄곧 길 위를 걸어갈 수는 없는 일입니다. 짙어지는 어둠을 불러오는 황혼이 멈춰 서서 왔던 여로를 돌아보며 잘 가고 있는지 방향을 가늠하라고 합니다. 살아낸 하루와 살아야 할 하루를 연결하는 메

신저로 받아들이겠습니다. 황혼이 진할수록 살아온 하루가 치열했다는 다독임으로 알겠습니다. 밤이 오기 전 원함을 이루지 못했다는 자책은 부질없다고 말해주는 것이었습니다. 내일로 가져가야 쓸모없는 허전함을 달래주는 전령이었던 것입니다.

소주를 혼자 마시며 창틀에 기대고 있는 밤은

가슴에 밝힌 나트륨등이 어두워지지 않아서 비가 오고 있는지 알지 못하겠다. 자음자작은 꽤나 오래된 습관이다. 잔만 들었다 놨다 팔운동을 하고 있다고 타박하는 이가 없어서 한가롭다. 술맛을 느끼기도 전에 취기가 올라오는 성급한 대작이 아니어서 좋다. 자작하게 따라놓은 술잔에 입술을 적시기만 하는 자작의 느림이 시간을 정지시킨다. 빗방울이 닿아 땅거죽이 젖는 것처럼 술기운이 슬로우로 몸속을 적신다. 안주 없는 맨술은 속을 버린다고 인덕션을 달구는 주방이 부산하다. 기름을 두른 냄비가 가열되고 있는 소리가 이미 최고의 안주거리다. 비가 동반하고 온 산들바람이 창틀을 훑고 지나간다. 어둠은 아직 짙어질 기미가 없다. 물방울이 맺힌 새시가 금세 그칠 비가 아니라고 일러줄 뿐이다. 비어버린 술병을 들어 올리며 안주대신 한 병을 추가로 요청을 하고도 태연자약이다. 과음하는 것 아니냐며 눈살을 찌푸려도 아랑곳하지 않고 유리창 너머의 상황에만 관심을 기울인다. 밤이 깊어져야 술판을 접을 기세를 보여준다. 번거로운 약속을 물리고 일찍 귀가한 날에 혼자 마시는 소주맛이 맹물처럼 염치가 없다. 이렇게 눈치 보지 않고 살아도 지탄받지 않을 삶을 위해 연달아 건배한다. 자화자찬으로 달궈진 분위기에 취해 밤비를 소주잔에 채워 마시며 얼굴 대신 가슴이 붉어진다.

이별을 대하는 태도

문득 낡은 이별의 순간이
찾아오는 때가 있습니다.
원인을 캐보면 다른 이별은
더 이상 찾아오지 않을 것이라는
안일함에 길들어 방심을 했다는
단편적인 규명을 할 수밖에 없습니다.
긴장의 끈을 느슨하게 하지말걸,
자책은 이미 늦은 상태입니다.
좋은 게 좋다고 이리저리
기분을 분산시키다 산만해졌을 때
눈치껏 기억을 갉아대던 뻐근한 아픔이
가슴세포를 뚫고 나오는 것입니다.
억눌러 없애려던 몇 번의 시도는
생각과는 다르게 효과가 없었습니다.
위력을 가할수록 머릿속과
가슴 안의 저릿함은 기억을 두드리는
빈도를 늘려 반복되었습니다.

그냥 그 시간으로 들어가서

저지른 과오들을 들추기로 했습니다.

같은 이유로 인한 이별을

재현하지 않기 위한 태도가 되었습니다.

가을이라서 그렇습니다

알고 있어서 익숙한 노래를
낮게 흥얼거리고 싶은 날입니다.
가을이라서 그렇다고 핑계를 댑니다만은
실은 서늘해지고 있는 바람이 살갗을 통과해
마음속까지 냉기를 밀어 넣고 있기 때문입니다.
빠져들고 싶지 않은 그리움들이
대안없이 찾아오고 있어섭니다.
놓아주었던 감정들이 망각되지 않는 파편처럼
가슴 곳곳에 박혀있었나 봅니다.
핏기가 덜 아문 피부를 뚫고 나오듯
때가 되면 소름처럼 올라옵니다.
격해지려는 기분을 달래 앉히기에는 오래 전부터
불러봤던 노래 한 자락만 한 것이 없습니다.
떨쳐냈다고 우길수록 다시 되살아나는
여러 해 지난 이별을 진정시켜야겠습니다.

유홍초 지는 밤은

유홍초가 꽃잎을 닫을 준비를 시작하는 밤에는
억지로 눌러놨던 슬픔을 담담히 말해도 된다.
작아서 무리를 이뤄야 더 빛날 수 있는 운명을
순하게 받아들인 유홍초가 지기 시작하는 밤은
그저 그런 사랑이었을 시간일망정
잊었다고 거짓부렁 하지 않아도 된다.
밤이슬이 내리고 유홍초가 꽃잎을 완전히 닫으면
본격적으로 어둠이 시작된다는 것을
알지 못할 수 없다.
그래서 유홍초가 지는 밤은
꽃을 둘러싼 어둠에 숨어있던 오래된 그리움도
함께 진다는 사실을 믿게 된다.

이별직전

오래도록 같이 했던 인연을

오늘 떠나보내고자 합니다.

아쉬움이야 두루두루 퍼져있겠지만

홀가분한 이별의 말 한마디로

뒤틀린 감정을 갈무리하려 합니다.

함께 할 수 있어서

행복했다는 말은 여운입니다.

앞날이 공평무사하기를 바라주는 것 이외에

덧붙이는 사족은 그만두겠습니다.

고마웠다는 공치사도 짧게 마감하렵니다.

내일도 오늘 같기를 이별사로

목소리 높여 제창합니다.

사람의 일이란 단언할 수 없는 것이어서

다시 볼 수 없겠다는 서운함은

미리 건네지 않겠습니다.

이별 직전의 사무침으로

안녕이란 인사말의 떨림을 공명시킵니다.

5장.
매일을 무사히 사는 법

좋은 사람이 아닐 수도 있다

마음이 불편하면 삶의 단면들이 찌그러진다. 의도를 왜곡시키는 사람이 주변에 몇몇은 어느 상황에서나 있기 마련인가 보다. 선의를 악의로 전환시키고 자신에게 유리한 방향으로 해석을 하는 것은 일종의 정신병이라고 진단을 내릴 수밖에 없다. 이런 사람은 주변 사람들의 정신을 오염시키기 마련이다. 피해를 주는데 망설임이 없다. 자신의 유희를 위해서 상대를 가리지 않고 선량한 정신을 공격한다. 곁을 허용하지 않고 멀리 두기를 시도하며 외면하고자 하나 질기게 달라붙기를 관계의 능력이라고 착각한다. 공격의 대상이 되지 않기 위해서는 음흉한 미소가 얼굴에서 떠나지를 않는 사람은 늘 조심해야 한다. 마음건강이 삶의 질을 결정하기 때문이다. 좋은 사람이라고 입이 마르지 않게 자기를 들어내는 사람은 좋은 사람이 아닐 확률이 더 많다. 좋은 사람의 미소는 편안함을 준다. 좋은 사람은 스스로를 좋은 사람이라고 떠벌리지 않는다. 좋은 사람은 옆에 있어도 없는 듯 존재감이 강렬하지 않다. 화가 나면 인상 쓰기를 주저하지 않지만, 흥분하면 목소리의 톤이 올라가기는 하지만 나에게로 방향을 서서 나만의 넋두리로 한정하려 애를 쓴다. 그러므로 나는 좋은 사람이 아닐 수도 있다. 그러나 나 이외의 주변인들의 마음이 삐걱거리지 않도록 자율신경을 총동원해 감지하려고 노력한다.

그래도 상관없어

겨울비가 많이 와서 옷이 젖었다는 푸념을 괜스레 했다고 머쓱할 필요 없다. 하고 싶은 말이 있으면 혼잣말이라도 하고 싶은 만큼 해야 사는 것 같지. 하고 싶음을 억제하며 눈치를 먼저 보는 건 배려가 아니다. 자존감에 상처를 주는 것이지. 주변을 에워싸고 있는 이들에게 피해를 주지 않는다면 마음 가는 대로 하면서 살자. 그래도 상관없다. 생각했을 때 하지 못하면 그 하고 싶음은 영원히 하지 못한다. 같은 상황, 같은 생각이 똑 같이 반복되지 않는다. 시간이 지나면 같은 것 같지만 달라진다. 지금을 잘 살아내야 다음 역시 잘 살아낼 수 있다. 하지 않을 핑계는 다른 이가 대주는 것이 아니라 스스로가 만들어내는 것이다. 눈이 오면 눈이 펑펑 내려서 좋다고 강아지처럼 나대도 좋다. 칼바람이 불면 열일 제쳐놓고 화석 난로가 지펴진 찻집으로 가자. 산길에 접어들어야 하고 개울을 건너야 하는 먼 곳이면 어떤가. 낙엽이 쓸리지 않은 채 계절통을 앓고 있다면 더 좋을 풍경 속으로 들어가자. 열기가 기화되고 있는 연통 옆으로 의자를 당겨 앉은 채 느긋이 시간에 불려진 뜨거운 찻잔을 손에 쥐고 있다면 얼마나 평온한 삶인가. 내가 좋을 일을 하면서 살자. 나에게 이로울 기분을 만들어 주는 것이 진짜 선물이다. 우주를 다 뒤져봐도 여전히 대체불가인 단 하나의 별이 나라는 것을 잊지 말자. 무엇이 됐건 하고 싶으면 해! 그래도 상관없어! 언제나 세계의 중심은 너니까.

김치찌개

마음이 헛헛한 날엔 김치찌개가 제격이다.

두부와 돼지고기가 어우러져

김치를 들들 끓인 맛이 오묘하게

마음을 칼칼하도록 어루만진다.

복잡한 세상 일도, 상처를 줄 듯한 살아가는 일도

별거 아니라고 짭짤 시원하게 넘겨준다.

일상이 아삭아삭 씹히는 김치 같다.

새롭지 않은 시간을 사는 날들이

얼큰 얼얼한 국물같이 목을 컬컬하게 한다.

밥 한 그릇 비워가며 찌개 맛에 감탄한다.

삶의 눅진한 맛이 김치찌개에 버금간다.

겉옷을 바꾸며

반팔 옷들과 밝은 색 계열의 얇은 바지들을
옷장 안 깊은 곳으로 옮기기 시작했다.
간절기를 지낼만한 길이와 두께의 옷들을 골라
쉽게 손이 가는 옷걸이 쪽으로 이동시키며
제법 가을다워진 날씨를 실감한다.
가을은 다워졌다고 생각이 되는 순간
지나가버린다는 것을 몸이 먼저 알려줄 것이다.
가을을 맞이하고 보내는 마음의 깊이가
한 해, 한 해 소름 끼치도록 무거워진다.
살아온 날들의 길이보다 살아갈 날이
줄어드는 나이가 되면 살갗에 내려앉는
가을의 실온도가 달라진다.
영상을 가리키고 있는 섭씨의 온도보다
더 춥고, 더 허전하고, 더 서운하다.
얇은 기모가 들어간 긴팔 옷과
갈참나무 잎처럼 색 짙은 바지를 입는다.
가벼운 점퍼까지 어깨에 걸고서야

밖으로 나설 수 있는 채비가 갖춰진다.

문밖에서 대기하고 있던 가을이

먼저 알아보고 바뀐 겉옷에 내려앉는다.

최소한의 아픔

마른침을 삼키다가 길을 잘못 든
약간의 침이 기도를 침범하고 말았다.
격한 기침이 가슴에 통증을 몰아왔다.
제대로 가야 할 길을 다른 길에 들어서게 되면
이어있는 주변의 작동도 덩달아
스텝이 꼬이기 마련이다.
나의 아픔만 아프게 되는 것이 아니라는
비유를 빌린 말로 돌려서 해보는 것이다.
나만 아프다고 소리높이면 그 아픔에 반응을 하는
다른 아픔들도 진공을 일으킨다.
사실로 믿어주고 싶어 동정을 하는 아픔과
거짓된 상처를 호소하는 뻔뻔함에 빈정상한 아픔이
첨예하게 대치를 하게 된다.
나 역시 무던히 반응을 하지 않으려고 애쓰며 지켜보지만
무관심과는 달라서 최소한의 아픔을 느낀다.
길이 아니면 애초에 들어서지 말고
잘못 들었으면 통렬한 반성을 해야 하는 것이 맞다.

거짓말로 길을 만들려 하면 애꿎게 길 위에 있어야 할
주변인들의 아픔이 부끄러워진다.

안개의 속성

감추고 살아야 할 것이 많으면 세상이 희미해진다.

보고 싶은 것만 보고 믿고 싶은 것만 믿게 된다.

삶의 이면이 품은 실체를 들춰보려 하지 않으면

자신마저 속여야 하기 때문이다.

자기만의 진실로 세계를 덮다보면

거짓과 거짓의 악수를 두게 된다.

안개 속에서 미로를 돌고 돌다 정신이 고갈되고 말 것이다.

그러나 아무리 짙은 안개로 가릴지라도 얼마간일 뿐이다.

시간의 판결문이 안개를 흩어버리기 때문이다.

안개가 개이고 머쓱해지고 나면

부끄러움의 치욕은 견뎌내야 할 자기 몫이다.

거짓과 진실의 경계 어디쯤이 안개 속이다.

나태찬양

글을 짓는 일이 밥 짓는 일보다 잦을 때가 있었다.
신간이 편하지 않을 때였다.
기대고 싶은 곳이 고작 글이나 끄적거리는 것이었다.
마음이 편해지고 몸이 나른해지다 보니
글쓰기와 거리를 두게 생겼다.
이대로 조금은 더 나태를 즐거워하고 싶다.
마음을 다 쓰면서 표정을 일그러뜨리는
고된 시간이 만만치 않았었다.
지금은 오늘인지 내일인지 지나가는
시간의 흐름이 실감 나지 않는다.
밥 짓는 일이 글 짓는 횟수를 넘어서고 있다.
글이야 가끔 손가락 관절이 굳을까 염려될 때에나
가슴과 머리를 굴려 쓰면 될 일이다.
일상의 식탁에 나태의 반찬이 권태롭게
쉬어가고 있는 지금을 찬양한다.

조매화처럼

하루라도 글을 쓰지 않으면 마음이 뻣뻣해지는 날들이 오래였습니다. 글을 쓰지 않아도 살 수 있겠다는 생각이 자주 드는 요즈음은 몸이 뻣뻣해지고 있습니다. 맹추위가 잦은 날씨가 이어지고 있지만 외투를 하나 걸치는 정도로 목도리와 장갑이 없이도 이제는 견딜만 합니다. 살다 보니 살아지는 날이 온 것입니다. 냉기를 품은 바람이 서슬을 세우고 세차게 불고 있지만 얇은 나뭇가지에 봄을 불어넣고 있음을 압니다. 일찍 꽃을 피운 홍매화가 눈꽃을 꽃잎 위에 겹으로 피우고 있습니다. 별꽃과 봄까치꽃이 가장 낮은 자세로 언 땅 위를 포위하고 있습니다. 겨울은 그렇게 불현듯 이별을 고할 것입니다. 등에 지고 살아야겠다고 수용을 한 이별들과 나도 그렇게 시나브로 갈라서고 있는 것입니다. 애쓰며 일부러 백지와 연필을 품고 살지 않아도 될 것 같습니다. 무턱대로 빠져들던 그리움의 정도가 줄어듭니다. 중첩된 이별이 불어넣은 가슴의 냉기가 조매화처럼 붉게 피었다 툭, 떨어져 나갑니다.

담담한 안부

울림 기능을 잊어버리기나 하지 않았는지
알림을 빙자한 스팸문자와 보험가입을 권장하는 전화 이외에는
하루 종일 핸드폰이 수면 중인 날이 대부분이다.
무료하다기보다는 살아온 날이 이 정도라서 반성을 하게 된다.
적극적으로 전화를 해서 어떻게 지내는지,
요즘은 어떤 일에 관심을 가지고 있는지
묻고 싶은 사람이 별로 없다.
전화번호로 저장된 이름들도 나에 대해서 그럴 것이다.
서운한 마음이 들지는 않는다.
나도 그들도 같은 생활을 맴돌며 내일을 위한다는 명목으로 자신 이외의 누군가에게 안부를 전하고 묻는 일이 사치스러울 것이다.
"뭐하고 살고 있냐?"
색깔 옷을 입고 있는 나뭇잎을 보면서 하늘멍을 때리고 있을 때

갑자기 울린 벨 소리에 깜짝이야를 외치며 받아 든 전화기에서

심드렁하게 익숙한 목소리가 넘어온다.

"어쩐 일이냐! 무슨 일 있냐?"

반가움보다는 용건이 궁금해지는 속물근성을 어찌할 수가 없다.

"그냥, 하늘을 보다 가을이구나! 하다가 네 생각이 나서……."

"아무 일 없는 거지? 아픈 데는 없고?"

"아따, 그냥 네가 보고 싶다는 생각이 들어서 전화했어."

"싱거운 놈, 정말 별일 없지야?"

나는 용건이 있을 거란 지레짐작을 계속 확인하고 있다.

"네 목소리 들어서 좋다. 곧 밥 한번 먹자."

"그래, 그러자……."

일없이 보고 싶어서라는 담담한 안부 전화 한 통이

관심과 무관심의 경계에서 잠잠하던 가슴을 진탕 시킨다.

서둘러 익숙한 이름들의 전화번호를 하나하나 눌러서 말을 전한다.

'그냥, 보고 싶어서……'

모든 날의 기도

나의 기도는 특별하지 않습니다.
비슷한 단어의 반복이고 단정된 언어의 굳히기입니다.
알지 못할 누군가를 위해서 기도하지 않습니다.
주변을 감당하며 지내는 일상도 버겁기 때문입니다.
가슴으로 들어온 감정을 절제하지도 않습니다.
심정을 통제하려다 마음이 상하는 것을 꺼려하기 때문입니다.
오늘은 오늘만으로 탈없이 살아내서
지난날이나 앞될 날을 걱정하지 않기를 기도합니다.
불편을 맞닥뜨리게 되는 것에는 반드시 원인이 있듯이
행운도 대가 없이 다가오지 않는다고 믿습니다.
지금 짓고 살아가고 있는 관계의 사슬이면 만족합니다.
더 좋은 인성을 가진 사람과 새로운 만남을 가지는 것도
나보다 나은 조건을 누리고 사는 사람과의 관계 넓힘도
번거로움의 집을 짓는 것이라 내키지 않습니다.
모든 날들을 지금만큼만, 오늘처럼만
나를 지킬 수 있기를 무한반복의 힘을 빌어 기도합니다.

안갯속으로

봄과 여름을 잇고 있는 황룡강의 새벽은 안개가 접수를 하고 있다. 군락을 이루고 있는 멀구슬나무는 그윽한 꽃향기를 강가에 분사하며 안개를 농밀하게 해 준다. 서걱이며 서로의 거친 잎새를 부딪치며 몸통을 불리고 있는 갈대가 짙어진 안개와 대치중이다. 느려진 걸음에 붙잡힌 안개가 운동화끈의 무게를 가중시킨다. 산다는 것은 무거워지는 신발을 신은 채 발차기를 하며 끊임없이 안개를 헤엄쳐 건너는 과정이다. 속을 완전하게 보여주지 않는 안갯속으로 들어가 보지 않으면 무엇을 숨기고 있는지 알 수가 없다. 손에 닿을 것처럼 가까이 보이지만 착시일 뿐 감각보다 멀리 있거나 예상했던 물체와는 전혀 다른 무엇을 감추고 있는 것이 안개의 속성이다. 만져지거나 눈으로 실체를 직시하기까지는 예단하면 안 된다. 불확실을 확인하기 위해서는 안개밖에서 안갯속으로 침투해야 한다. 살아가는 이치를 찾아내려면 안개 안을 두려워해서는 안 된다.

송정시장 시민국밥집에서 허기를 채운다

송정리 장이 서는 날이면 오일을 기다린 허기를 채워줄 국밥을 먹으러 간다. 난장이 서있는 골목을 파헤치고 앞으로 나가서 갓 잡아온 낙지가 꿈틀대는 함지박 앞에서 잠시 한눈을 팔고 낯빛이 새색시같이 연지곤지를 찍고 있는 복숭아 상자 앞에서 달큼한 과즙 시식을 하기도 한다. 장바구니에 담은 갈치가 상할세라 부산히 어깨를 부딪치고 가는 사람들과 푸릇한 채소전으로 싱싱한 손을 잡아끄는 장꾼들 사이에서 사람 사는 냄새에 이미 취해서는 나아감이 느려진다. 그러나 본래 목적지로 향하는 골목길을 벗어나지는 않는다. 뜨끈한 국물이 입맛을 삼삼히 돋게 하는 시만국밥집으로 발걸음을 서두른다. 사람들의 손때로 반질거리는 문고리를 밀자마자 양은막걸리 잔이 서로의 몸통을 부딪치며 찌그러지고 있다. 장보기를 마친 이들의 여유가 왁자하게 취기를 올리고 있다. 수저가 바삐 오가는 뚝배기에 선지와 내장이 푸짐하다. 메뉴의 베이스는 돼지국밥이다. 맛깔지게 우려낸 국물이 콩나물 반찬과 기막히게 어우러져 송정시장을 맛 낸다. 달라는 대로 더 퍼주는 손

큰 주인장의 미소가 상차림의 기본이다. 부드럽게 삶아낸 선지를 추가로 주문하다 곁들인 낮술잔에 감탄사를 채워 마신다. 장이 서기로 정해진 날이면 밥보다는 살아있는 사람들의 정담으로 허기를 채우러 송정시장 시민국밥집으로 간다.

평동농협 로컬푸드 판매점에서

새로 이사해 자리를 잡아가는 선암동 집에서 차로 십분 거리에 있는 평동농협하나로마트 로컬푸드판매점에 갈 때면 장바구니를 큰 걸로 바꿔간다. 제철마다 달라지는 엽채류가 상상 이하의 가격으로 싱싱하게 매대를 채우고 있다. 착한 가격이 포장된 봉지를 집어드는 손의 망설임을 없애준다. 저녁 찬거리로 넉넉하게 얼갈이 두 묶음, 폭이 상추도 한 봉지, 열무와 깻잎도 묶음대로 집어 부담 없이 바구니에 담는다. 백다다기 오이와 딱따기 복숭아가 제맛이 들었다. 철없이 빨리 나온 햇배도 무화과와 함께 장바구니에 채워 넣는다. 그리 넓지 않은 매장이지만 조밀하게 들어찬 반찬거리, 먹거리들을 아이쇼핑하는 것만으로도 눈이 즐겁고 배가 든든해진다. 애플멜론은 어떤 맛일까, 잘 익은 망고 냄새가 이국적이다. 살이 탱탱한 샤인머스켓에서는 달콤한 향기가 코를 벌름거리게 한다. 생소한 이름의 열대과일도 재배지의 경계를 초월한 국내산들이 진열되어 있다. 빈자리가 없이 채워진 장바구니를 차에 실으며 바가지 없이 가치만큼 제값을 치른 먹거리들에게 경의를 표한다. 평동농협하나로마트 로컬푸드판매장에 갈 때면 주머니사정 볼 것 없이 푸짐하게 질러도 상관이 없다. 빡빡한 생활비 걱정, 내일을 어떻게 살아야 할지에 대한 막막함을 줄여도 된다.

가을을 준비하는 자세

역대 최초라는 강조어와 유례가 없이라는 수식어가 귀에 익은 여름이 이동을 준비하기 시작하고 있다. 그러나 폭염과 폭우와 때 이른 태풍의 흔적이 아직은 흩어지지 않고 있다. 그럼에도 아침과 저녁으로 제법 선선해진 바람이 나뭇잎을 쓰다듬듯 불어온다. 여름과 가을의 혼재기다. 드디어 오늘은 기다리고 있는 비가 한차례 오고 나서면 끝나지 않을 것만 같았던 무더위가 한풀 꺾일 것이라는 예보가 반갑다. 입주를 시작한 지 두어 달이 지났지만 불이 켜지지 않는 빈집들이 줄어들지 않는 이유에 대해서 관리인에게 물었던 적이 있다. 더위가 물러가면 대기하고 있던 예비가구들이 이사를 시작하지 않겠냐는 무성의한 대답이 옳았다는 듯 하나둘 이웃이 늘어난다. 새집에 들어온 사람들과 동물가족들이 가을의 초입에 접어들어서야 어색하게 인사를 해온다. 비어있던 공간을 메울 어울림의 시간이 시작되고 있는 것이다. 기다리고 있던 가을이 주는 변화는 이렇듯 이미 준비되어 있었을 것이다. 마찬가지다. 세상의 이치에는 앞과 뒤, 순서가 있다. 밑도 끝도 없이 방치되어 있는 듯 하지만 끝나지 않을 고난은 없다. 막상 닥치면 빠져나올 틈이 보이지 않는 험난함도 나아가고 돌아감을 반복하다 보면 출구가 보이기 마련이다. 준비하는 이에게 막힘은 없다. 눈앞에 당도하지 않았지만 짐작할 수 있는 미래는 걱정하지 않아도 된다. 예측가능성에 대한 준비가 해답을 준다. 배롱나무꽃이 절정의 빛깔로 물들며 가을이 오고 있다고 알려준다. 보낼 것은 미련 없이 떼어내고 험한 여름을 잘 익힌 알곡을 거둬들일 마음의 공간을 만들어야 한다. 거뭇하게 그슬린 피부를 덮어줄 긴팔옷을 준비하도록 하자. 기우에 지나지 않을 앞날을 향한 불안의 허물을 벗겨내자. 지척에 이르고 있는 가을을 오늘 나에게 와준 뜻밖의 선물로 만들려면 마음의 자세부터 준비를 해야 함이다.

매일을 무사히 사는 법

하고 싶다고 다 할 수는 없습니다. 가진 능력을 다 보여주면 주변의 시선들이 음험해집니다. 할 만큼만 했다고 보여야 경계의 음모에서 빗겨갈 수 있습니다. 오기를 부리면 탈이 나게 되어있습니다. 무리에서 외면받기를 감당해야 합니다. 실은 하고 싶다고 다 되지도 않도록 세상을 구성하고 있는 법칙이 호락호락하지 않게 채워져 있습니다. 만만하게 보이는 것이 실제는 만만함을 위장하고 있을 확률이 높습니다. 오늘을 무사히 살아내야 내일의 무사함을 기대할 수 있게 됩니다. 위험이 때를 가리지 않고 아무렇게나 나를 향해 달려들 채비를 완료한 상태로 불쑥거리고 있는 시대를 살고 있다는 걸 인정해야 합니다. 안전을 속단하지 않는 것, 믿음을 함부로 건네주지 않는 것이 매일을 무탈하게 살아가는 방책이 되었습니다. 욕망을 알아채도록 드러내지 말아야 합니다. 원하는 상황이 아니라고 기피해도 안됩니다. 약함을 보이면 아군은 언제든 적군으로 돌변할 태세를 숨기고 있습니다. 선량한 나의 마음을 반의 반은 감추고 살아야 무사함을 담보할 수 있는 시절을 지금

살고 있기 때문입니다. 조금은 강한 척해야 합니다. 그러기 위해서는 거칠고 나쁜 생각도 가지고 있음을 드러내도 좋겠습니다. 나약함으로부터 나를 속일 수 있어야 매일의 나는 무사하게 될 것입니다.

에어컨을 끄며

계절의 계단을 넘는 간절기가 느린 듯 하지만 기어이 도래하고 있습니다. 시간의 움직임은 멈추지 않습니다. 무겁던 공기가 습기를 증발시킨 채 건조해지기 시작했습니다. 푸른빛을 퇴화시키며 들판의 나락들이 가을맞이를 서두릅니다. 열대야를 일삼던 날씨가 하룻밤만에 고열의 괴롭힘을 멈추었습니다. 온도의 무게를 줄인 햇빛의 따가움은 견딜만해졌습니다. 달아올랐던 피부가 진정되고 있어 살만해졌습니다. 가을이 목전에 와 있습니다. 여름 내내 실내의 더위를 정화시키던 에어컨을 이제는 꺼야겠습니다. 예기치 못할 한때의 더위를 막아내기 위해서 선풍기 한대는 치우지 않고 예비장비로 놓아두기로 합니다. 얇은 긴팔옷을 꺼내 옷장의 전면으로 배치를 합니다. 변덕이 심한 간절기의 날씨에 적절히 대응하기 위해서는 반팔셔츠와 번갈아 입어야 할 때입니다. 앞으로도 얼마나 많이 같은 계절을 맞이할지 모르겠지만 가을은 매번 맞이할 때마다 새롭습니다. 손때가 묻은 리모컨 전원버튼을 눌러 끄고 서랍 속으로 여름을 밀어 넣습니다. 찬바람에 시달리면 빠져들던 외로움병을 이겨내려 고생하던 계절앓이를 이번 가을에는 그만두어도 되겠습니다. 화분에 물을 주며 아레카야자나무에게 다감한 표정으로 말을 건네는 사람을 사랑하기도 바빠졌기 때문입니다.

서리꽃

물기가 응집해 피운 서리꽃은 가을의 언어다.
풀잎들은 저마다의 길이만큼 그러모은 수분을 얼리며
깊어지는 가을과 대화를 한다.

풀기를 거부하며 지녀왔던 고단함을 얼려놓고
아쉬움으로 지켜왔던 이별의 흔적들도
가을이 가기 전엔 내려놓으라고 당부한다.

살아갈 날이 남은 사람에게 이슬이 단단해져
꽃으로 피는 것처럼 생의 변곡점을 피하지 말라고
서리꽃은 은유의 시를 써 놓는다.

이슬꽃

안개가 걷힌 시월 중순의 아침은
서늘한 냉기를 가슴팍으로 밀어 넣는다.
밤새 내려앉은 이슬이 풀밭을
하얀 꽃밭으로 가꿔놓았다.
얼음 알갱이가 되기엔 아직 일러서
약한 바람에도 이리저리 굴려 몸을 합친다.
기온이 조금 더 내려가서 서리로 육화 되기를
담담히 기다리며 가을에 적응하고 있는 것이다.
이슬꽃이 때를 기다릴 줄 알아야
변화를 무리 없이 따라갈 수 있음을 알려준다.
투명한 물방울꽃이 떨어질까 겁이 나
풀잎을 밟고 지나가지 못하겠다.

6장.

푸른빛을 잃었다

푸른빛을 잃었다

왜, 한번 자리 잡은 슬픔은 반복하며 살아나는가!
잊었다고 잊고 있던 날들을 건너가고 있었다.
잊겠다고 약속한 날들도 함께 몸을 사리고 있었다.
그러나 잊었다는 착각이었고 잊겠다는 메아리였나 보다.

십이월과 십일월이 맞물림을 향해 가고 있다.
푸른 기억을 잊은 나무가 우두커니 바람을 옆으로 흘린다.
무성하게 세를 과시하던 나뭇잎을 결별한 모양새가
으스스해지는 날씨와 제법 조화를 이룬다.

되살아난 슬픔을 맞바람에 말리고 있는
내 몸뚱이처럼 건조하다.
십일월의 끝물 단풍처럼 땅거죽을 덮은 채 쉬고 싶다.
잊을만하면 살아나는 이별의 기억을 퇴색시키며
슬픔으로부터 전이된 멍자국의 푸른빛을 잃어버리고 싶다.

혈압 유감

재검진을 약속한 전날 저녁, 하지 말라고 하면
평소라면 하지 않던 것까지 새삼 간절해진다.
이른 저녁밥을 간단히 먹고 다음날 아침 검사가 끝날 때까지
물 한 모금 마시지 말라는 유의사항을 되새길수록
헛허기가 예민해진 뇌를 자극한다.
약을 먹어도 기대만큼 떨어지지 않는 해로운 콜레스테롤이
여전히 이로운 콜레스테롤 수치를 월등히 앞서 있는 상태다.
만추를 밀어내는 늦은 밤 비가 스산하다.
통창으로 내려다보이던 나뭇잎들이 비와 함께 섞여 내린다.
날짜를 바꾸는 마감뉴스 날씨전망은
기온이 급강하하고 서쪽으로부터 바람이 거칠 것이라고 한다.
체온을 따뜻하게 유지해야 할 겨울이 목전이다.
몸이 먹고 있는 세월만큼 마음도 약해지는 것을
당연히 받아들여야겠지만 정상과 비정상의 경계에 있던
혈압마저 겨울의 입구에서부터 불안함을 느낀다.
심장이 빨리 뛴다는 것은 달갑지 않은 신호다.
날씨의 변화에 맞춰 마음의 옷을 껴 입어야겠다.

맘대로

마음이 가야 몸이 따르는 법이다.
손뼉이 맞아야 뜻이 통하는 법이다.

그러나
마음을 먹었다고 맘대로 되는 것이 아니다.
상세한 조건을 맞춰야 하고
가로막는 제약을 무력화시켜야
마음이 먹은 방향으로 걸음을 내딛을 수 있다.

방해꾼들은 예고도 없이 치고 나온다는 것을
미리 의심하고 있어야 한다.
맘대로 순탄하게 진행될 것이란 속단은
마음에 상처를 심하게 안겨줄 것이다.

인생이란 시간의 범위 안에서
맘먹은 만큼 이뤄지지 않아서 산다는 것이 다채로워지듯
삶의 선택지에 예행연습은 없다.

마음을 맞춰가야 살맛을 느낄 수 있다.

안될 것을 알면서도 맘대로 살아보고 싶은

세상이라서 오늘도 도전적으로 산다.

선택의 댓가

어느 날 잘못된 선택이 있었다.
선택의 오류는 대가가 크고 광범위하다.
곳곳이 깊이 파이고 금이 간다.
회복되지 않을 상흔들이다.

사람과 사람 사이는 요원하게 멀어지고
삶과 삶들이 상처들로 피멍자국 투성이다.

고쳐야 할 선택의 시간이 오고 있다.
선택의 잘못을 정당화시키는 무뢰배들이
고개를 들고 다시 선택해 달라고 아우성이다.
시끄럽고 염치가 없다.

이지경이 되도록 침묵하고 있는 이유는
때가 되면 무뢰배를 선택한 피해를
앙갚음으로 역선택하기 위해서일 것이다.

난청

목소리를 놓아가고 있나 봅니다.

소리에 소리가 겹쳐 뭉툭해진 음파가

정확한 의미로 다가오지 않고 있습니다.

저마다의 말의 기세를 꺾지 않으려는 이들이

주위를 온통 점령하고 있기 때문입니다.

알아들을 수 없는 소리들이 귓바퀴를 울립니다.

차단되지 않고 밀려드는 명확하지 않은 발음들이

내가 가진 목소리마저 어눌해지게 합니다.

들리는 대로 듣고 싶지 않아 섭니다.

듣고 싶은 말을 가려듣고 싶어섭니다.

그렇게 난청이 진행성 질병처럼

시나브로 깊어지고 있습니다.

첫눈 오는 날에

첫눈이 요란하게 시작하고 있다. 경험상 빠르지도 늦지도 않은 첫눈이다. 처음이란 것은 역시 준비되지 않아 불안정스럽다. 그러나 처음이 있어야 비로소 시작된다는 사실을 알 수 있다. 그래서 시작은 처음의 신호가 되고 처음은 시작의 동반자다. 눈이 오기 시작한다. 겨울이 시작되고 있다는 소식이다. 겨울이 품고 있는 이야기들을 눈 속에서 꺼내보아야 할 모양이다. 결코 달갑지 않지만 내 삶의 연속선 중의 한 부분이다.

눈 오는 날의 평화로운 풍경을 기대한 것은 아니지만 날씨가 심란하다. 첫눈을 기어이 이렇게 수선스럽게 세상을 향해 보내야 했을까. 하늘의 뜻은 오래 살고 있다고 해도 여전히 알 수 없다. 요사이 시끄럽게 세상 돌아가는 모양새와 비슷하다. 비가 오다가 해가 비치고 바람이 세다가 잦아들고 눈발이 날리다가 구름이 걷힌다. 십일월 중순의 날씨는 종잡지 못할 변덕의 총화를 보여준다. 아마 십일월을 대하는 마음의 변화를 그대로 날씨가 대변하는 것이리

라. 지나갔지만 지워지지 않고 있는 시간의 변곡점을 대하는 나의 태도가 어지럽기 때문이다.

비가 눈이 되고 눈이 풍경을 바꾼다. 마음의 짐을 내려놓고 앞날에 집중하는 다른 상태가 되고 싶다. 다만, 지나간 시간이 씌워놓은 속박에서 완전히 벗어나겠다는 기약할 수 없는 기대에 매달려 날씨 따라 좌고우면 하지 않기를 응원한다. 십일월의 첫눈 오는 날에 처음 맞는 눈처럼 한고비를 넘어서는 시절의 삶을 시작한다. 지나간 부끄러움에 잡혀 다가올 시간이 떳떳한 시간으로 나아가지 못하게 되지 않기를 바란다. 살아갈 시간의 길이는 알 수 없다. 그러나 어떻게 살아야겠다는 방향만은 잡고 있다. 첫눈처럼 시작을 시작한다.

빈들에서

가을걷이가 끝난 빈들은 황량함이나 쓸쓸함만
보여주는 것이 아니었습니다.
채움을 비워낸다는 것을 눈에 담아줍니다.
십일월을 살아가며 가슴에 공간을 만들어내고 있는
나의 태도와 상통합니다.

그리움이 숨어 있는 길

가다가 보이지 않는 벽에 막힌 듯 멈췄답니다.
누군가 양팔을 벌린 채 길을 막고 있는 것처럼
들숨과 날숨이 조심스러워졌답니다.
형체가 불분명한 사람의 모습은 분명해지지 않겠지만
어렴풋이 짐작이 된답니다.
돌아가봐야 결국 다시 이 길을 지나가기 위해
망설임 없이 되돌아올 겁니다.
그리움이 숨어 있는 길을 에둘러서 비껴갈 만큼
간절함을 외면하지 못한답니다.
그리움은 영원히 벗어나지 못할 무게로
살아갈 시간에 맞춰진 강력한 유혹이기 때문이랍니다.

눈이 오는 새벽에

눈이 오고 있는 새벽을 맞이하는 날에는
어수선했던 꿈자리까지 찰나에 털어내고
마음이 잔잔한 바람처럼 불어서 좋습니다.
밤을 새우며 뒤척이게 만든 걱정이라는 것이
기껏 날카로운 말을 주고받으며 하지 못한 일에 대한
잘잘못을 서로에게 떠맡기는 것이었습니다.
어제 성공하지 못했다고 다시는 시도조차
하지 못할 정도의 일이 아니었을 겁니다.
오늘이나 내일 다시 머리를 맞대고
해결의 실마리를 만들어 가면 될 것입니다.
마음이 불안한 사람은 오지 않은 미래를
미리 살아가고 있기 때문입니다.
집착에서 빠져나오지 못하고 있다면
여전히 지나간 시간에서 벗어나지 못하고 있을 것입니다.
어제까지의 날은 기꺼이 놓아주고
오고 있을 뿐인 날은 예측하지 않으면서
차분하게 눈이 오고 있는 지금을 살겠습니다.

그때나 지금이나

달라진 것이 없다는 생각에는 변함이 없습니다.

달라질 것이라는 가정도 하기 싫습니다.

그때나 지금이나 일상은 일상대로 반복하고 있습니다.

특별함을 만들지 않기 위해 사람들과 일정하게 거리를 두고

먼저 마음을 터놓는 실수를 하지 않으려 노력합니다.

생각 없이 속마음을 열어놓으면 내가 살아가는 방식을

다 이해하는 것처럼 아는 채를 당하기 일쑤입니다.

때마다 나도 모르는 나를 안다는 이를

나는 가장 멀리 떼어놓는 편입니다.

자초해서 상처를 받지 않기 위한 영역을 지키려는

최소한의 안전거리를 유지하는 방식입니다.

나를 위한 나대로의 기준은 변하지 않을 것입니다.

그때나 지금이나 앞으로나.

겨울장마

여러 달 전에 물러갔던 한여름의 기운이 아쉬웠나 보다.
눈이 내려야 정상인 겨울이 하루 건너 이틀이나 사흘씩
비를 뿌리는 비정상의 날들이 계속된다.
엘리뇨가 점령한 태평양이 겨울장마의 발화지점이라 한다.
동해의 오징어가 사라지고 남해안의 대구 어획량이
급감했다는 소식은 이제 새롭지도 않다.
비가 그치면 찬바람이 불고 급격히 대기가 냉각되어
폭설과 한파가 올 거란 일기보도가 그저 그렇게 다가온다.
그제부터 시작한 비가 여름장맛비처럼
소강상태도 없이 내일까지 이어질 거란다.
겨울을 살다 여름 같은 날을 살아야 하는 날씨가 혼란스럽다.
십이월이 보름이나 남은 오늘, 너비가 넓은 우산을 받쳐
들고
비정상을 정상으로 받아들이며 산다.

겨울비의 퇴로

겨울비가 품고 내리는 고요를 영접하며
퇴로가 있는 시간을 살자며 낮게 한숨을 쉬었다.
전진의 길 위에만 선다는 것은 나를 학대하는 것이다.
물러섬을 대수롭지 않게 여길수록 여유가 생긴다.

보내주기로 했던 시간에서 벗어나자.
잡고 있기에는 이미 버거운 무게감에 눌리는 자학이다.
잊고 싶지만 잊혀지지 않는 시절을 놓아주는 것이
나를 관대하게 해주는 슬기로운 후퇴가 된다.

겨울비가 멈출 기미를 보이지 않는
후미진 골목 커피숍에 앉아 식어가는 커피잔을 돌리며
유리창에 물길을 내고 흘러내리는 빗줄기를 본다.
빗물이 선택한 퇴로는 흘러내림인가 보다.

어디에서 어떻게 살고 있을지,
어떤 시간 속에서 무엇을 하며 지내고 있을지

이제는 애틋함을 빌미로 궁금해하지도 말자.

떠난 후에 연락을 끊어낸 이에게도 퇴로가 필요했을 것이다.

빗길이 내놓다 지우는 흔적처럼 지우기를 하자.

비 다음은 눈

사흘을 연이어 오던 비가
한순간에 언제 그리 짓궂었냐는 듯 멎었다.
가만히 비에 몸을 내맡기던 나무들이
웅성거리는 소리를 내며 흔들린다.
늦어가는 오후가 되면서
냉기를 풀풀 날리며 바람이 세차다.
저녁이 되면 눈발이 날릴 거라는 예고를 한다.
비 다음에 눈, 겨울다워질 모양이다.
제철에는 제철에 맞는 현상이 반갑다.
구석으로 밀려나 있던 두꺼운 외투를
옷장의 선두로 옮겨야겠다.
정상적인 컨디션으로 몸을 유지하려거든
움직임이 둔해짐을 감내해야 한다.
십이월의 중심에서야 겨울이 시작되고 있다.
달갑지 않았던 겨울비 다음은
다시 비가 아니라 눈이어서 다행이다.
겨울엔 겨울을 살아야 한다.

함박눈이 내리는 밤에

밤새 함박눈이 오는 날에는

함께 살았던 사람들이 더 그립다.

오늘 아침 밥상머리에서 뜨거운 국물에

훌렁하게 밥 한 숟가락을 말아 같이 먹었거나

모닝커피를 마시며 곁에 있는 듯

목소리를 낮추고 장거리 전화통화를 했더라도

눈송이가 커질수록 보고픔이 뜻하지 않게 커진다.

가까이 있어도 자주 안아주지 못해서,

멀리 있다는 핑계로 자꾸 소식을 전하지 못해서

더 그리워지고 한창 진하게 올라오는 살가움을

눈 내리는 밤에 느껴보는 것이다.

함박눈이 내리는 밤에는 어둠을 관통하며

애틋해서 포근한 정취에 빠져들어도 괜찮다.

날이 새면 눈 쌓인 첫길을 밟으러

깊은 잠을 깨워서 일찍 서둘러야겠다.

눈깔수영

빽빽해지는 것이 견딜 수 있는 한계를 넘어섰다.

눈이 피곤하면 온몸으로 피로가 퍼진다.

하던 일도 중단하게 되고 해야 할 일도 귀찮아서 미루고 만다.

삶의 질이 현저히 쳐진다.

짜내고 짜냈던 의욕이 더 없어지고

먹고 마시는 일에도 급격히 흥미를 잃게 된다.

컴퓨터 화면을 멀리하고 싶지만

하고 있는 일의 끝이 보여 그럴 수가 없다.

핸드폰을 손에서 놓고 싶지만

이런저런 연락들이 쌓여서 확인을 해야만 한다.

눈을 쉬면 생을 지탱해주고 있는 일들을

등한시하게 된다는 절박함에서 빠져나오지 못한다.

세면대에 냉수를 받아놓고

눈꺼풀을 밀어 올린 채 얼굴을 처박는다.

눈을 껌뻑이며 수중에서 눈알을 굴린다.

안구건조증이 심해지는 날에는

눈깔수영이라도 하며 응급처치를 할밖에.

휴식이란 여유를 부리기엔 삶을 지탱해야 할

눈동자의 무게가 줄지를 않는다.

내일은 없다

그립다로 맘이 움직이면 다른 생각에 몰입해도 그립다. 아무리 아닐 거라고 부정해 봤자 설마에게 잡힌다. 그리움이란 불꽃이 피면 절대로 사그라지지 않는다는 것을 우리는 경험칙으로 알고 있다. 그래서 사랑하려 한다. 그때의 너와 지금의 네가 다르면 얼마나 다르겠냐. 변화에 대하여는 너의 한계가 나의 한계이듯 우리가 우리의 범주를 벗어날 수는 없다. 부질없는 고백이라 해도 오늘은 다시 옛날처럼 너를 사랑하려 한다. 너도 그러고 싶어 한다고 그렇게 믿을게. 변질된 적이 없는 우리의 애정은 숱한 시간을 가슴과 기억 속에서 지속해 왔으니 이제라도 보상을 받아야 한다. 그것이 오늘이 오늘의 쓸모를 다하는 최선의 방법이기 때문이다. 사랑에 내일은 없다는 것을 새삼 깨닫는데 늦긴 많이 늦었다. 함박눈이 무서운 기세로 오고 있는 길을 걸어서 지금 너에게로 가는 중이다.

한파의 질감

겨울 낮의 햇살이 찬란하지만 한파가 날마다 겹친 날씨는
동짓날이 되자 얼음의 두께를 최대치로 높인다.
두툼한 외투에 목까지 감추고 길에 나선 사람들은
하늘대신 미끌리지 않기 위해 바닥에 시선이 고정되어 있다.
쌓인 눈을 미쳐 제거할 시간이 없었던 차들은
고드름을 차체에 승객처럼 태우고 차도를 어슬렁거린다.
솔가지가 지고 있는 눈의 무게만큼 겨울의 질량이 무겁다.
혹한에서 바쁘게 살아내야 하는 한파의 질감이 끈끈하다.
네이버 검색창에 여행이란 키워드를 새겨놓고
파타야나 푸꾸옥에서 훌러덩 옷을 벗은 채 스노클링이나
해볼까,
마음을 깝죽대면서 추위의 질량이나 질감에 대항하는 것이
고작 내가 한겨울이 발산하는 냉기와 대치하는 방법이다.

부르고 싶지 않은 이름

센다는 의미가 무색하도록
입에 달고 다니던 이름이었다.
내가 몇 날을 고심하다
찾아내 붙여준 이름이었다.
나의 이름을 잊을지언정
숨이 붙어있는 한 새겨야 할 이름이었다.
대체불가능한 애정이었고
끊이지 않을 믿음이었다.
하나의 오해가 생겨나고
서로의 틈이 메꿔지지 않을 만큼
감정의 오류들이 증폭되고 난 이후부터
부르기가 부담스러워졌다.
애증이 되었고 가끔은 분노를
유발하는 이름이 되어버렸다.
이제는 부르기가 금기가 된
이름으로 밀쳐놓았다.
그러나 오래도록 시간이 지나가고 있음에도

불구하고 아직도 좋은 일이 생기면

애석하게 떠오르는 것은 막을 수가 없다.

사나운 시절의 궂은 소식이 들려오면

애타게 밀려드는 이름으로 남았다.

무탈하게 세상에 적응하는

이름이기만을 바란다.

서로의 상처를 키우다 선택한

과격한 이별 이후로 부르고 싶지 않은 이름은

그렇게 드러낼 용기가 없는

그리움이 된 것이다.

반성과 다짐

화가 나 있었고 자책에 함몰되어 있었다.

누군가에게 그리고 누구나에게

나는 나에 대한 말을 삼가며 지냈다.

살아가는 것이 아니라 하루, 한나절을 살아내는 것이었고

격정에 흔들리며 매일을 죽여나가는 것이었다.

쉬지 않고 원망의 대상을 물색했으며

누구라도 잡히면 아귀처럼 물어댔다.

물고 늘어져 분노를 전가할 대상이 있어야 살 수 있었다.

어제까지의 나였다.

쓰다듬고 보듬고 아끼려 한다.

위로하고 칭찬하고 안아주며 촘촘하게 보살피려 한다.

지나간 나도, 다가올 나도

결국 나라는 것을 충분히 받아주려 한다.

잘 살아냈다, 잘 살아갈 것이다, 그리 믿어주고 싶다.

오늘부터의 나다.

처음에 사랑할 때처럼

처음에 사랑할 때처럼
변할 것이란 것을 상상조차 못 하면 된다.

사람을 사람으로 대하는 자세도,
해야 할 일이나 하고 싶은 일이나
처음을 시작할 때의 마음가짐으로 하면
안될 일도 되고, 될 일은 더 크게 될 것이다.

처음과 같지 않아서 틈이 생기고
단단했다고 믿었던 관계에 균열이 생긴다.

사랑을 시작할 때에는
줄수록 가슴이 벅차서 아까운 것이 없다.
헤어짐이란 단어를 떠올리는 것조차
지켜보지 않는 신에게까지 죄짓는 마음이다.

보자마자 이성이 마비되고
보지 않고서는 바닥을 드러낸 감정이
지옥불같이 들끓어 오르는 상태에 빠지는,

사랑이 저절로 시작된 처음 그때처럼
나는 너에게 중독되어 살아가겠다는
지치지 않을 약속을 가슴 안에다 궁굴린다.

나름의 사정

형편을 고려하지 않으려는 노력은 쓸모가 없다.
시간이 여의치 않다는 사정,
여유롭지 못한 금전적 사정,
몸이 허락하는 범위가 초과하는 사정.
나름의 사정에 맞추어져 마음과 몸이 결계를 친다.

나의 사정은 단 한 가지뿐이다.
너에게 고정된 더듬이가 무섭도록 반응을 하는
마음의 갈피에 꼼짝 못 하고 있다는.

다르지 않게

변함이 없다는 말을 들어야겠다는 태도가
일상을 관통하는 지렛대였다.
그러나 순간순간에 찾아드는 작은 어긋남들이
끊임없이 달라지기를 유혹한다.
하루, 24시간, 1,440분, 86,400초.
변화가 없이 나를 같은 상태로 유지한다는 것은
지독한 인내를 짜내야 하는 것이었다.
그래도 나의 근본이 다르지 않게
선량한 지루함을 내세우며 오늘만은 그대로
버텨내자고 심상의 공백에 새겨 넣는다.
조금만 더 당신에게 위로가 되는 사람이 되고 싶다.
뭉쳐서도 갑갑하지 않은 무게로
당신의 등에 가볍게 붙어 다니며
깃털처럼 한겨울 혹한을 밀어내는 보온재가 되고 싶다.
이처럼 내가 변하지 않으려 하는 것은
오로지 당신을 위함으로부터 초래된 것이다.

눈물이 마르지 않아

거나하게 취해 들어가는 늦은 저녁에도
눈꺼풀이 사납게 무겁다.
아프지 않을 거라고 매번 되풀이하지만
역시 반어법에 불과한 것이었다.
불콰해진 눈시울을 넘겨오며
눈물은 여전히 마르지 않아
불 켜진 가로등 아래서도 걸음이 어둡다.
생각해 볼수록 사랑과 이별은 이어져 있어서
마주 보았다 등을 보이는 반복이었던 것이다.
그러니 취하지 않는 날이나
취해서 기억을 밀어내버리는 날이나
다르지 않게 눈물이 마르지 않을 수밖에.

종달리에서

차갑게 몰아치는 파도소리에
되려 마음은 뜨거워지는 것이었다.
속을 내보일 수가 없어서
바다가 불러오는 바람을 맞이하기를
감흥 없이 번번하게 했다.
바다가 좋다고, 파도의 울림으로
바다가 소리 내어 부른다고
네가 고백했을 때 이후로
바다에 오는 습관이 생겼다.
버려진 공병에 들었다 나가는 바닷소리,
종달리 돌담길 모퉁이에 머리를 내밀고
불 켜진 어선을 짖어대는
어린 강아지의 불안한 소리.
온갖 소리를 품고 있던 밤은
으슥함을 수평선 쪽으로 밀어내고
일출봉을 타고 내려온 바람은 마시다 놓아둔
술잔을 사정 봐주지 않고 흔들어 댔다.

파고가 높아질수록 포말이 더 눈부셨고
내가 품은 그리움은
가누지 못할 만큼 몸집을 불렸다.
속이 바닥나 완전하게 빌 때까지는
너의 바다였던 그 바다는 변하지 않고
나의 바다가 될 것이다.
파도와 소리가 분리되지 않는 한
너와 내가 따로가 아니기 때문이다.

시간의 퇴적

나이가 들어간다는 것은

시간이 퇴적되어 간다는 것이다.

몸의 순기능을 저해하는 찌꺼기들이

쌓이는 것을 막을 수는 없다.

하지만 삶을 풍성하게 해주는 정신에

경험의 높이가 올라가는 것이다.

관절이 팍팍해지고 걸음이 어수선해진다.

소화기와 순환기가 정상속도를 놓치고 약해진다.

그만큼 세상사를 향한 흔들림이 작아지고

스스로에 대한 평가가 안정적이 된다.

어제만큼의 나이를 포개서

오늘만큼의 퇴적층을 늘린다.

삶을 대우하는 태도가 될 마음을

지탱해 주는 강도가 견고해지는 것이다.

바람 든 무처럼

겉보기만으로는 알 수 없는,
속이 비어 가고 궁극엔 썩어 문드러질
바람 든 무처럼 살지 않았을까.

하는 걱정을 꼬리표처럼 달고
판로가 막혀 서리를 이고 있는
버려진 무밭을 물끄러미 둘러봤다.

밭고랑을 따라 누렇게 바랜 무잎들이
질서 없이 엉켜 스산한 겨울을 벼르고 있는 것처럼
황토가 달라붙어 무거워진 신발창을
쓰레기가 된 채 빛깔이 징발된 무청에 문지르며
나도 신경에 날이 서 있는 것이었다.

보여줄 수는 없으나 잦은 이별과
채워지지 않는 지나간 시간에 대한
그리움이 분출한 애간장의 독이 누적되어

세포와 세포 사이를 잇는 막에 틈을 냈을 것이다.

쪼개보면 흉하게 바람구멍이
온 신경에 나 있을 것이 틀림없으리라.
겉이 멀쩡하다고 속까지 그러리란
거짓된 단정은 하지 않기로 한다.

익숙한 대화

남자는

"좋은 여자 있는데 소개해줄까!"

"이쁘냐?"

"너에게 잘 어울릴 것 같아서 그래."

"이쁘냐고."

"성격도 좋고 직업도 괜찮은 여자야."

"아니, 이쁘냐고."

여자는

"좋은 남자 있는데 소개해줄까!"

"직업이 뭔데."

"너에게 잘 어울릴 것 같아서 그래."

"잘 생겼어?"

"성격은 좋은 것 같고 학벌도 그만하면 괜찮을 거야."

"생각해 볼게."

중요하게 생각하는 지향점이 다르다.

남자에게, 여자에게 끌어당기는 관심사가 다르다.

살아봐야 다름이 틀렸다는 걸 알게 된다.

캐리어가 부푼다

아직 시간이 남았는데 짐을 싸고 있냐는 잔소리 아닌 잔소리를 들으면서도 머릿속은 몽롱하다. 생각날 때마다 하나씩 캐리어를 열어놓고 소품들을 챙겨 넣어야 직성이 풀리는 걸 어쩌랴. 캐리어를 봉인할 때까지 빠지면 아쉬운 작은 것들까지 빈틈없이 준비하는 즐거움을 포기할 수 없다. 떠나기를 마음먹은 때부터 이미 나는 여행을 시작하고 있었기 때문이다. 막상 출국 수속을 마치고 비행기 탑승을 위해 줄을 서게 되면 설렘은 반감될지도 모르겠지만 여행을 마칠 때까지 들뜸을 포기하고 싶지 않다. 속옷이 한 개 빠졌네, 웃옷과 바지 색상이 어울리지 않네, 저리 비켜 보라며 캐리어에서 나를 밀쳐내는 목소리가 달콤하다. 짐짓 지켜보기 신공만으로는 만족할 수 없었을 것이다. 숨길 수 없는 감정의 파고가 높아지는 짐 싸기를 지켜보며 가보지 않았던 풍경 속으로 미리 들어선다. 마음이 부풀려지는 크기에 비례해 캐리어가 부푼다. 간헐적인 여행전야를 주기적인 시간으로 나에게 선물할 것을 가만히 약속한다.

봄의 화신

살아있는 생명체처럼 날씨가 꿈틀거립니다.

게 중, 사나흘이 지나도록 그칠 기미를 보이지 않는 비가

생물들을 예정보다 이르게 깨우고 있어

간절기를 단축시키고 있습니다.

조매화가 개화를 시작했다는 소식과 함께

탐매마을의 홍매화가 만개했다는 기별을 전해주려

빗방울이 사력을 다하는가 싶습니다.

바람 속에 섞여있는 햇발의 씨가 숨을 틔우면

마음 한켠에 깃들어 있던 사람들에 대한

끈덕진 그리움을 깨워야겠습니다.

묵혀놓는다고 묻힐 그리움이 아닐 겁니다.

햇살과 비가 번갈아가며 시간을 풍화시키고

계절과 계절 사이에 퇴적시키는 것처럼

일깨운 감정의 등고선에 기록적인 인상을 남겨야겠습니다.

사람이 그리워지면 변화무쌍한 날씨만큼

마음의 안과 밖을 연결하고 있는 감정선이 요동을 칩니다.

감춰두기 위해 애썼던 애틋함을 개화시켜

만발한 봄의 화신이 되고자 하는 것입니다.

밥은 묵었는가?!

최고로 반갑다는 인사말이었다.

안부를 묻고 나의 무사함을 전하는

마음의 울림이었다.

밥 때가 지나서 마주하는 얼굴을

보자마자 건네야 하는 첫마디였다.

그 시절 밥은 목숨줄이었다.

가파른 굴곡을 기어오르며 살아낼 힘이었다.

밥은 묵었는가?!

어른이나 아이나 최고의 높임말이었다.

뭘 하더라도 밥은 먹고 해라!

지금이나 그때나 변하지 않고

살아가는 최선은 밥 먹는 것부터다.

에필로그

언제나 빛나는 별처럼 네 편이 되어줄게

언제나 빛나는 별처럼 네 편이 되어줄게.

네 눈에 들어차있는 은하수가 얼마나 깊은지,

네 가슴을 진동시키는 다정함이 어찌나 따뜻한지.

내가 아는 한 나 이외에 너의 진체를

알만큼 알고 있는 사람은

이 세계에서 찾아볼 수 없을 거야.

깜깜해야 더 빛나는 별처럼 지상으로 내려와

외로움 따위에 혼자 지치지 않도록

곁을 비워놓지 않는 비춤으로 너를 지켜줄게.

사랑에 임할 때의 간절한 마음을 진심으로

알아주지 않는다는 속상함을 말하지 않아도 돼.

내가 너의 억울함을 이미 알고 있을 테니까.

실연을 당했었다는 과거형의 아픔을

감추려 하지 않아도 돼.

지금의 너에게만 집중하고 있는

내 벅참이 현재형이니까.

네가 어디를 향해있던, 언제를 못 잊던

내가 있어야 할 곳은 너의 시선이 미치는 곳일 테니.

너에게만 나는 언제나 빛나는 별이 되어줄게.

나는 편식주의자입니다

초판 1쇄 발행 2024년 4월 15일
초판 1쇄 인쇄 2024년 4월 15일

지은이 김경진

디자인 포레스트 웨일
펴낸이 포레스트 웨일
펴낸곳 포레스트 웨일
출판등록 제2021 - 000014 호
주소 충남 아산시 아산로 103-17
전자우편 forestwhalepublish@naver.com

종이책 979-11-93963-02-9